美麗與哀愁

川端康成

美しさと哀しみと

劉子倩——譯

目次

除夕鐘聲

東海道線特快車「鴿子號」的觀景車廂內，沿著一側車窗，並列著五張旋轉椅，大木年雄發現，唯有最邊上那張椅子，隨著列車的晃動靜靜地自動旋轉。目光一旦被吸引就再也移不開。大木坐的低矮扶手椅不會動，當然也無法旋轉。

觀景車廂內只有大木一人。大木深深窩進扶手椅，望著對面的一張旋轉椅轉動。椅子並非以固定的速度朝固定的方向旋轉。時快時慢，時而靜止，時而往反方向轉動。不過，只有大木一人的車廂內，看著只有一張旋轉椅自行轉動，勾起大木內心的寂寞，不由浮想聯翩。

這天是十二月二十九。大木正要去京都聽除夕鐘聲。

大木在除夕夜聽收音機播放除夕鐘聲的習慣，不知已有幾年了。這個廣播節目也不知是幾年前開始的，想必從那時起，他就一次也沒錯過。聽著日本各地古寺的知名鐘聲，同時還有主持人的解說。在這廣播節目中要送舊歲迎新年，所以主持人說話時往往也變成文謅謅的詠嘆調。古老的梵鐘保持徐緩的間隔一次次敲響，鐘聲餘音嫋嫋，令人想到時光荏苒，頗有古日本的閒寂意趣。北國的寺院鐘聲響後，接著便會聽見九州的鐘聲，不過每一年的除夕夜，最後總以京都各寺的鐘聲作結。京都多寺院，有時收音機中只聞無數寺院的鐘聲交相爭鳴。

除夕鐘聲播放的那個時間，妻子和女兒不是在廚房做年菜，就是在收拾東西，或者準備和服、插花，即使妻女忙著做家事，大木照樣坐在起居室聽收音機。隨著除夕鐘聲響起，大木會回顧過去這一年。也心生感慨。那種感慨年年不同，有時激昂有時苦澀。也有時飽受悔恨與悲傷折磨。主持人說的話和聲音的感傷，雖然有時也令人厭煩，但鐘聲在大木心頭激盪不已。而且打從老早之前就引誘他，令他期盼有一天不再是透過收音機，而是能夠在除夕的京都親耳聽見無數古剎的除夕鐘聲。

就在這年年底，他忽然心血來潮決定去京都。也動了凡心，想與睽違多年的上野音子見面，一起在京都聽除夕鐘聲。音子自從搬去京都後，幾乎已斷絕音訊，但她近來以日本畫家的身分自成一家，目前似乎仍小姑獨處。

大木是臨時起意，況且事先定好日期預購特快車車票也不合大木的性子，因此他是從橫濱車站沒買特快車票就上了「鴿子號」觀景車廂。隨著過年的腳步接近，東海道線想必人潮擁擠，不過若是觀景車廂，老服務生也是熟人，應該能夠幫他弄到座位。

「鴿子號」中午過後從東京、橫濱出發，傍晚抵達京都，回程也是中午過後從大阪、京都出發，對於晏起的大木比較輕鬆，所以他往返京都向來都是搭乘這班「鴿子號」，二等車（是還分一等、二等、三等那個時代的二等車廂）的女服務員們，大木也大半混個臉熟。

上車一看，二等車廂似乎意外地空曠。十二月二十九日或許是乘客較少的日子。到了三十日、三十一日八成又會擁擠起來。

望著唯一一張旋轉椅轉動久了，幾乎陷入對「命運」的沉思，這時老服務生給大木送來茶水。
「就我一人？」大木說。
「噢，有五、六位乘客。」
「元旦會很多人吧？」
「不，元旦搭車的人少。您打算元旦回來嗎？」
「對，元旦不回來不行……」
「那我先替您安排。不過元旦我不上班……」
「拜託你了。」
老服務生走後，大木環視四周，邊上的扶手椅腳下，放著兩個白色皮革旅行袋。是正方形略顯單薄的新款式。白皮有些地方是淺褐色，是日本見不到的高級貨。此外，椅子上也放著大型豹皮手提包。提包的主人八成是美國人。此刻大概去餐車了。
窗外看似溫暖的濃霧中，雜樹林迅速流過。霧氣上方遙遠的白雲有微光。彷彿地面射出的光芒。不過隨著列車的奔馳，天氣逐漸放晴了。窗口的陽光照進地板深處。經過松山時，可以看見滿地散落松葉。一叢竹葉已泛黃。黑色海岬有閃爍的海浪拍岸。

從餐車回來的兩對中年美國夫婦，在車子過了沼津可以看見富士山後，就站在窗口頻頻拍照，可是等到富士山連山腳都徹底顯現，他們卻背對窗口，似乎已經拍累了。

冬天天黑得早，目送某處河流晦暗的銀灰色，大木抬起頭，正好與落日相對。之後從烏雲的弓形縫隙冷冷洩出白色殘光，這光芒倒是久久不消。早已開燈的車廂內，旋轉椅因某種震動一起轉了半圈。不過，始終轉個不停的，還是只有最邊上那張椅子。

抵達京都後，他去了都飯店。大木猜想音子或許會來飯店，特別要了安靜的房間。搭電梯感覺已到了六、七樓，但這家飯店層層建造在東山的陡坡上，所以沿著長長的走廊一路往裡走，最後到達的還是一樓。走廊兩側的房間寂靜無聲，或許都沒人住。不過，過了十點，兩側的房間突然傳來外國人的吵鬧聲。大木詢問負責這層樓的服務員。

「有兩家人，總共有十二個孩子。」服務員回答。

十二個小孩不僅在房間裡高聲講話，還在彼此的房間穿梭，在走廊奔跑，四處嬉鬧。空房間明明應該多得是，不知為何偏要把大木的房間夾在中間，讓這麼吵鬧的客人住在兩側。不過，大木本以為小孩應該很快會睡著，沒想到孩子們或許是出來旅行太興奮，始終安靜不下來。尤其是小孩在走廊奔跑的腳步聲特別刺耳。大木終於從被窩爬起來。

兩側房間的外國話造成的喧鬧，反而令大木孤獨。「鴿子號」的觀景車廂內唯一一張不停旋轉的椅子浮現眼前，他覺得彷彿看到孤獨在心中無聲地旋轉。

大木是為了聽除夕鐘聲，也為了見上野音子，才來京都的，但他再次思索，音子和除夕鐘聲，究竟何者是主要目的，何者是次要目的。除夕的鐘聲絕對聽得見，能否見到音子卻不確定。確定的東西只是藉口，不確定的那個或許才是心底的渴望。大木是抱著與音子一同聽除夕鐘聲的打算來京都。出門時他以為那絕對不難達成。然而，大木與音子之間，有著漫長歲月的隔閡。音子雖然據說至今小姑獨處，但就算如此，是否便肯見舊情人或應邀出門，其實大木自己也沒把握吧。

「不，以『她』的個性應該沒問題……」大木喃喃自語，但「她」現在究竟變成怎樣，大木其實並不知道。

音子目前應該是租用寺院的偏屋，和女弟子一起生活。大木也見過某美術雜誌刊登的照片，那間偏屋看起來不止一兩個房間，就像正常的獨門獨院，用來當畫室的大房間似乎也很寬敞。院子也有閒寂雅趣。照片中的音子正在作畫，因此略低著頭，但額頭至鼻樑看來分明就是她。她沒有中年發福，窄肩柔弱。那樣的照片，令大木還不及追憶往昔，就已先萌生是自己害得此女今生無法為人妻為人母的愧疚。當然，看到這張雜誌照片的人們之中，想必只有大木一人有這種感受。和音子沒什麼交情的人看來，或許就只是一個遷居京都後變成京風美女的女畫家罷了。

大木盤算著二十九日這天晚上也就算了，但是隔天三十日應該打個電話給音子或是登門拜訪。不過，早上那些外國小孩開始吵鬧後，他就有點心虛遲疑，坐在桌前決定先寫封限時信通知，但是剛提筆就猶豫了。最後瞪著飯店房間準備的空白信紙，大木覺得不見音子也無所謂，索性獨自聽完除夕鐘聲就回去算了。

兩側房間的小孩嬉鬧聲，很早就吵醒大木，但那兩家外國人走後，他又睡著了。醒來已近十一點。

大木慢條斯理打領帶，一邊想起音子以前說「我幫你打。讓我來……」的時候。——那是十六歲的少女被奪去童貞後，說出的第一句話。大木還沒開過口。他無話可說。他溫柔地將她擁入懷中，撫摸她的秀髮，始終沒出聲。從他的懷中鑽出，先穿上衣服的，是音子。大木起身，穿上襯衫，準備打領帶時，音子一直定睛仰望他。她眼中雖有水光，卻未落淚，反倒顯得兩眼閃閃發亮。大木避開那雙眼。剛才接吻時，音子也一直睜著眼，是大木將雙唇貼在她眼上讓她閉眼的。

音子說要替他打領帶的聲音中，帶有少女的甜美韻味。大木心頭一鬆。事出意外。與其說那是音子原諒大木的暗示，或許是想逃避現在的自己，音子把玩領帶的動作很溫柔。不過，似乎打得不順利。

「妳會打嗎？」大木說。

「我覺得我會。因為我看過爸爸打領帶。」

音子的父親在她十二歲時便已過世了。

大木在椅子坐下，把音子抱到腿上，自己也抬起下巴，方便她打領帶。音子微微挺胸，打了兩三次又反覆解開，

「好了，寶寶，打好了。這樣行了吧。」她從他腿上跳下，手指搭在大木的右肩，端詳領帶。大木起身，走到鏡前。領帶打得很漂亮。大木粗魯地用掌心搓揉略為冒油的臉孔。他不敢看自己侵犯少女後的臉孔。少女的臉孔朝著鏡中走來。那稚嫩嬌弱的美刺痛了大木。為此刻不該有的美麗驚異，大木轉過身來，少女將一隻手搭在大木肩上。

「我喜歡你。」少女只說了這句話，臉輕靠在大木的胸前。

十六歲的少女喊三十一歲的男人「寶寶」，也令大木感到不可思議。

——轉眼已過二十四年。大木五十五歲了。音子應該也已四十。

大木走進浴室，打開房間配備的收音機，新聞說今早的京都結了薄冰。氣

象預報說今年是暖冬，正月應該也會很暖和。

大木在房間只吃了吐司和咖啡就搭車出門。今天無法下定決心去見音子，所以也不知該去哪裡，最後他決定去嵐山逛逛。從車窗看到北山向西山綿延不絕的山丘，有的沐浴在陽光下，有的在陰影中，雖然山勢一如既往平緩圓柔，卻帶有京都冬日特有的凜冽蕭瑟。陽光下的山色也很黯淡，看似已近黃昏。大木在渡月橋前下車，但他沒過橋，沿著通往龜山公園山腳的這頭河岸道路走上去。

從春天到秋天都有成群觀光客喧鬧的嵐山，到了十二月三十日，也終於不見人影，變得截然不同。嵐山的本來面目幽靜地呈現眼前。潭水碧綠澄澈。竹筏的原木從河岸搬上卡車的聲音響徹遠方。面對河的這頭，應該就是人們看到的嵐山正面，此刻背陽，只有朝著上游傾斜的山肩照到陽光。

大木打算在嵐山安靜地獨自吃午餐。以前曾來過此地的兩家餐館。不料，靠近渡月橋的那間店大門緊閉沒有營業。都年底三十日了，沒有遊客會特地在這天來到冷清的嵐山。大木猜想上游那家古色古香的小店八成也沒開，一邊緩步前行。其實沒有非要在嵐山用餐的理由。踩著古老的石階走上去，店裡的小女傭聲稱全家都去京都市區了，以「店內無人」為由謝絕訪客。新筍時節曾在這家店裡吃到柴魚煮的大塊橫切竹筍，那是幾年前的事了？大木又走下河岸道路，看到通往鄰店的徐緩石階小徑上，一個阿婆正在掃枯落的楓葉。阿婆回答，今天餐館應該有開。大木站在阿婆身旁，感嘆好安靜，

「對岸的人聲都能聽得清清楚楚呢。」

那間餐館幾乎被山腹的蔥鬱樹林掩埋，厚重的茅草屋頂潮濕古老，玄關昏暗。並沒有像樣的大門。緊挨著玄關前面就是竹林。茅草屋頂的後方，有四、五棵漂亮的赤松樹幹高聳。大木被帶進包廂，但店內似乎完全沒人。玻璃拉門前，紅色的是珊瑚樹的果實。大木發現一朵季節錯亂的杜鵑花綻放。珊瑚樹和竹子及赤松遮住了河上風景，但是樹葉之間隱約可見潭水透著澄淨幽深的翡翠色，水面文風不動。嵐山一帶也同樣靜定不動。

大木將雙肘撐在炭火熾熱的暖桌上。可以聽見鳥鳴。卡車堆積木材的聲音在山谷迴盪。不知是火車要進隧道還是出隧道，山陰的汽笛也在山間迴響，留

下悲哀的餘韻。大木想起嬰兒出生時孱弱的哭聲——十七歲的音子懷胎八月就早產生下大木的孩子。是個女孩。

嬰兒生下就沒救了，也沒送到音子身旁。孩子死時，醫生說，

「產婦那邊，最好等她情況比較穩定了再告知。」

音子的母親說，

「大木先生，由你來告訴她吧。我女兒自己都還是個孩子，卻勉強生下孩子，實在太可憐了，我怕我肯定會比她先哭出來。」

音子母親對大木的憤怒和怨懟，因為女兒的生產暫時壓下。儘管大木是有妻小的男人，音子既然要替他生孩子，一手把獨生女拉拔大的單親媽媽，想必也失去繼續譴責、憎恨罪魁禍首的力氣。看起來比好強的音子更好強的母親，似乎也頓時妥協了。或許是因為女兒得瞞著世人偷偷生產，生下的孩子如何處理也是問題，母親只能仰賴大木吧。況且因懷孕而情緒激動的音子，也威脅母親如果對大木惡言相向就要去死。

大木回到病房，音子將產婦那安詳的、喪失鬥志的清澈目光轉向他，雙眼

立時湧現大顆淚珠，沿著眼角滑落打濕枕頭。大木覺得她已猜到了。音子的眼淚泉湧而出，止都止不住。滿臉縱橫淚痕，其中一條眼淚幾乎流進耳朵，大木慌忙想替她抹去。音子卻抓住大木那隻手，終於發出抽泣聲。她像潰堤般哭得上氣不接下氣。

「死了嗎？孩子死了吧，死掉了。」

如此痛苦激動下，簡直聲嘶力竭，幾乎連眼淚都滲血，大木只能摟住音子將她的胸脯緊壓在胸前。少女的小乳房雖小卻鼓脹，抵著大木的手臂。

母親或許一直在門外窺探動靜，這時走進來。

「音子，音子。」她喊道。

大木不管音子的母親，仍舊緊摟音子。

「我喘不過氣了。放開我……」音子說。

「那妳保證安靜？不會動？」

「我不動。」

大木放開她，音子聳肩喘氣。淚水再次奪眶而出。

「媽，要火化吧？」

「……」

「那麼小的孩子也是……？」

「……」

「媽不是說過，我出生時，頭髮很黑。」

「對，妳頭髮很黑。」

「嬰兒的頭髮也很黑嗎？媽，能不能把嬰兒的頭髮剪一小撮給我？」

「妳何必這樣，音子……」母親很為難，不慎脫口說出：

「音子，很快還會有孩子的。」

彷彿要收回這句話，母親苦澀的臉立刻轉向一旁。

母親，甚至是大木，或許其實都暗自期盼這孩子夭折吧？音子是在東京貧民區的簡陋婦產科診所生下孩子。如果在好醫院得到精心照顧，說不定嬰兒也能保住一命，這麼一想，大木就感到心痛。帶音子來診所的只有大木一人。音子的母親不便出面。酗酒的醫生臉孔暗紅，似乎有點年紀了。年輕的護士小姐用譴責的目光看大木。音子穿著朱紅色全套家常和服。甚至忘了放下肩頭調整袖長的縫份。

——那個頭髮烏黑、不足月就早產的孩子，在二十三年後的嵐山，清晰如在大木眼前，彷彿躲在冬日樹林之間，又似沉落在碧綠潭水中。大木拍拍手叫來女服務生。今天餐館似乎沒準備接待客人，所以打從一開始就知道菜會上得特別慢。來包廂的女服務生好像也打算替他解解悶打發這段時間，換了熱茶後，就坐下不走了。

閒聊之間，女服務生也提到某男子似乎遭到狸精戲耍。那個男人在黎明時，被人發現涉水走在河中，還嚷著「我要死了，快來救我，我要死了，快來救我」。渡月橋下那塊地方水很淺，明明輕鬆就能上岸，那人卻在河中四處徘徊。男人獲救清醒後，據說自稱前一晚的十點左右，如同夢遊般在山中徘徊，不知不覺就進了河裡。

廚房那邊喊人，女服務生起身走了。首先送上的是鯽魚生魚片。大木慢慢喝了一點酒。

走出玄關時，大木再次仰望厚重的茅草屋頂，上面佈滿青苔已經腐朽，大木覺得頗有雅趣，老闆娘卻抱怨，

「在樹底下老是乾不了。」

茅草屋頂翻修不足十年，據說才八年左右就變成這樣了。茅草屋頂左邊的天空掛著淺白色半月。此刻是午後三點半。大木走下河岸小徑，眺望翠鳥貼著水面悠長飛過。翅膀的顏色看得分明。

在渡月橋畔攔了車，大木打算去仇野看看。祭祀無名死者的地藏菩薩和成群石塔，在冬日向晚時分，想必能令人體會人生無常。不過，看到祇王寺入口的竹林略顯昏暗，他就讓車子調頭折返了。他決定順道去苔寺後就回飯店。苔寺的庭院，只有一對貌似蜜月旅行的遊客。乾枯的松葉散落苔上，池面倒映的樹影隨著走動而搖曳。迎著茜紅夕陽照耀的東山，大木回到飯店。

洗澡暖身後，他翻開電話簿查上野音子的電話號碼。接電話的是年輕女子的聲音，或許是女徒弟，隨即轉為音子的聲音，

「您好。」

「我是大木。」

「……」

「我是大木。大木年雄。」

「是。好久不見。」音子用京都腔說。

大木不知該說什麼好，索性省略複雜的言詞，一如這通電話的唐突，劈頭就用不給對方機會拒絕的語速連珠砲似的說，

「我想在京都聽除夕鐘聲，所以就來了。」

「聽除夕鐘聲？……」

「能否陪我一起聽？」

「……」

「能否陪我一起聽？」

「……」

電話裡久久沒有回音。音子八成很驚訝，正在猶豫吧。

「喂？喂……」大木呼喚。

「你一個人來？」

「我一個人。就我一個人。」

音子再次沉默。

「聽完除夕鐘聲，我元旦早上就回去。我只是想來跟妳一起聽新年敲鐘。我也一把年紀了。不知已有多少年沒見。時間過去太久，如果不是這種來聽除夕鐘聲的時候，我都不好意思開口要求見面。」

「……」

「明天去接妳可以嗎？」

「不。」音子似乎有點慌張，「還是我過去接你吧。八點……會不會太早？那就請你九點過後在飯店等候。我先找地方訂位子。」

大木本來想和音子先好好吃頓晚餐，可是約九點的話，那就是晚餐後了。不過沒想到音子居然會答應。遙遠回憶中的音子，再次鮮明地逼近大木。

隔天，從一早到晚上九點，這段時間獨自待在飯店實在太漫長。想到這天是除夕，似乎讓時間感覺更漫長。大木無事可做。在京都雖也有幾個熟人，但今天是除夕，且晚上要和音子聽鐘聲，所以他誰也不想見。也不想讓任何人知道他來了。京都風味的好餐廳雖然不少，但他決定就在飯店吃晚餐應付了事。就這樣，大木今年的最後一天，充滿音子的回憶。隨著同樣的回憶反反覆覆一次又一次浮現，也變得越發鮮明。二十幾年前的往事，竟比昨日更生動地出現在此時此地。

大木沒走到窗邊，所以看不見飯店樓下的馬路，只能從窗子遠眺京都市區無數屋頂更遠處的西山。西山也很近，和東京相較，京都是個小巧且平易近人的城市。西山上方淡金色的透明浮雲，轉眼變成冰冷的灰色籠罩暮色。

回憶究竟是什麼呢？如此記憶深刻的過去是什麼？音子被母親帶去京都時，大木認為已和音子分手了，這點的確沒錯，但真的已經分手了嗎？大木只要想到自己或許打亂了音子的人生，讓這個女人一輩子都喪失為人妻為人母的權利，就逃不過那種心痛愧疚。但是始終未婚的音子，這些年又是怎麼想著大木度過漫漫歲月？對大木而言，記憶中的音子是性情剛烈得前所未見的女子。至今跟音子有關的回憶仍如此鮮明，或許代表音子根本不曾離開大木吧。大木雖是在東京長大，入夜後華燈初上的京都，卻令他感到恍如故鄉。就算那是因為京都本就像是日本的故鄉，也是因為音子在這裡。大木忐忑不安地去洗澡，從內衣到襯衫、領帶全部換新後，在房間來回踱步，一再審視自己在鏡中的模樣，等待音子。

「上野女士來接您。」玄關來電通知，是在九點二十分過後。

「我馬上下去，請讓她在大廳等一下。」大木回答後，又喃喃自語，「或許該請她來房間才對。」

寬敞的大廳沒看到音子。一個年輕女子走近大木。

「請問是大木老師嗎？」

「我是。」

「上野老師派我來接您。」

「啊？」大木努力裝作若無其事，「那真是不好意思……」

大木一心以為音子會來，因此倍感錯愕。幾乎一整天鮮明浮現眼前的音子回憶似乎也被搞亂了。

即使坐上女孩叫的車子，大木還是沉默片刻，方才問道，

「妳是上野女士的徒弟？」

「是的。」

「家裡就妳和上野女士二人？」

「是的，還有幫傭的大嬸。」

「妳是京都人？」

「我家在東京，但我很崇拜上野老師的作品，主動找上門，承蒙老師收留。」

大木轉頭看女孩。打從在飯店出聲詢問時，大木就已注意到女孩的美貌，側面看來細長的脖子和耳朵的形狀都很漂亮。雖然五官明豔令人幾乎不敢正視，說話態度卻很文靜。在大木身旁顯然很拘謹。這個女孩知道大木與音子的關係嗎？大木思忖，自己與音子的那段情，想必早在這女孩出生前吧？同時突兀地問道：

「妳每天都穿和服？」

「不。在家為了行動方便，多半穿休閒褲，沒什麼規矩。今天是因為想著聽完鐘聲就是元旦了，老師才幫我穿上新年和服。」女孩說著比較放鬆了。看來女孩不只是來飯店接他，也要一起聽除夕鐘聲。於是大木明白，音子是刻意迴避與他獨處。

車子到了圓山公園繼續深入知恩院的方向上行。風格古典的出租包廂內，除了音子還有兩名舞妓在場。這也是大木完全沒料到的。只有音子坐在暖桌前，膝蓋略伸進桌下，兩名舞妓在火盆前對坐。女徒弟在門口跪坐，向音子鞠躬稟報，

「我回來了。」

音子從暖桌移出雙膝，

「好久不見。」她對大木說，

「我想知恩院的鐘聲應該不錯，訂了這樣的地方。今天這裡本來也已休息，無法招待客人……」

「謝謝。給妳添麻煩了。」大木只能這麼說。除了女徒弟連舞妓都在場。

大木不能說出和他與音子的舊情有關的話，也不能形諸於色。音子昨天接到大木的電話後，想必既困惑又警惕，才想出連這種舞妓都叫來吧。從她迴避與大木獨處之舉，是否可以看出她對大木的心意？大木走進包廂與音子面對面時，不禁這樣想。但是第一眼，大木就感到自己至今仍在音子的心中。旁人想必沒發現吧。不，女徒弟一直跟著音子生活，舞妓雖是少女好歹也是在風月場所打滾的人，說不定已經察覺了什麼。當然，人人都若無其事。

音子給大木安排好座位後，對女徒弟說，

「坂見妳坐這裡。」

那是和大木隔著暖桌相對的位子，音子似乎連這個都要迴避。音子從旁靠近暖桌。兩名舞妓挨在音子身旁。

「坂見，妳和大木老師打過招呼了？」音子隨口問女徒弟後，像要給大木引見似地說，

「這是跟著我的坂見惠子。別看她外表這樣，其實有點瘋癲。」

「哎呀，老師，好過分。」

「她不時會以自創的風格畫抽象畫。雖然看起來熱情得可怕，有時甚至好像帶點瘋狂，但我深受她那種畫吸引，非常羨慕。這丫頭一邊作畫還會發抖呢。」

女服務生送來酒和小菜。舞妓斟酒。

「沒想到會是這樣聽除夕鐘聲。」大木說。

「我想和年輕人一起會比較好。鐘聲一響，代表又老了一歲，挺寂寞的。」音子沒有抬眼，「像我這種人，居然也能活到現在……」

大木想起，生下的孩子死掉兩個月後，音子曾經吃安眠藥自殺。音子是否也想起了那件事呢——當時大木是接到音子母親的通知連忙趕去。雖是因為母親想拆散女兒和大木才發生這種事，但她還是把大木叫來了。大木就在音子家住下來照顧她，她因大量注射而變硬腫脹的大腿，也是大木不停替她按摩。音子的母親就往返廚房不斷更換熱毛巾。音子的內褲已被脫掉。十七歲的音子大腿細瘦，注射造成的腫脹醜陋地隆起。大木的手一用力就滑開，有時滑到大腿深處。他就趁著音子母親不在時，趕緊替她擦去滲出的顏色噁心的黏液。大木因罪惡感的折磨和心疼，對著音子的大腿掉眼淚，他暗自祈禱，無論如何都要讓她活下去，怎樣都不能分手。音子的嘴唇已經發紫。廚房傳來她母親的啜泣聲。大木起身走去，只見她母親縮肩蹲在瓦斯爐臺前。

「她會死。她快要死了。」

「就算死了，有妳這些年這麼疼愛她，我想也足夠了。」大木這麼一說，母親握住他的手，

「你也是。大木先生，你也是啊……」

大木就這樣不眠不休地守在旁邊，直到第三天音子醒來。音子的目光炯炯，像要撕扯腦袋和胸部般掙扎扭動，嚷嚷著「好難受，好難受」，或許是看見了大木，她說，

「不要，不要。走開。」

雖是兩個醫生想盡辦法搶救她，但大木覺得自己一心一意的照顧，應該也幫忙挽回了音子的性命。

對於大木在病榻前的照顧，音子想必也未從母親口中聽過詳情。不過，大

木至今記憶猶新。比起曾經抱過的音子身體，在生死邊緣不斷按摩的音子大腿，更加清晰浮現。二十幾年後的現在，就算她在聽除夕鐘聲的包廂裡把腿伸進暖桌的蓋被下，依舊如在眼前。

音子毫不遲疑地拿起舞妓和大木替她斟的酒飲盡。她的酒量似乎變得相當好。其中一名舞妓說，敲完一百零八下鐘聲可能要一個小時。兩個舞妓都不是出場陪客的打扮，穿的是普通和服。也沒有拖地的長腰帶。不過腰帶的質地很好，花色可愛。頭上沒有插花簪，只插了漂亮的髮梳。兩人似乎都和音子很熟，為何以如此親密的裝扮出席，大木不知。喝了酒，聽著舞妓們用京都腔閒話家常，大木漸漸放鬆心情。音子的主意應該算是聰明吧。她無疑迴避了與大木獨處的機會，但是突然要和大木見面，大概也想調整自己的心態冷靜下來。光是這樣坐著，二人之間自有靈犀相通。

知恩院的鐘聲響了。

「啊！」舉座安靜。鐘聲過於古寂，似乎是有點破舊的鐘，但尾韻幽深嫋嫋而去。過了一會又響了。似乎就在很近的地方敲鐘。

「太近了。我說想聽知恩院的鐘聲，就有人介紹我來這裡，不過或許該離遠一點，在鴨川河岸聽比較好。」音子對大木和女徒弟說。

大木拉開紙門，只見這包廂狹窄的庭院下方就是鐘樓。

「就在下面。可以看見敲鐘。」

「真的太近了。」音子又說了一次。

「不，沒關係。每年除夕都是透過收音機聽到鐘聲，能夠近距離聽一次應該也不錯。」大木說，但這樣的確欠缺風雅。鐘樓前聚集黑壓壓的人影動來動去。大木關上紙門回到暖桌前。不再刻意傾聽連綿不絕的鐘聲後，不愧是歷史悠久的名鐘，彷彿自有遙遠往昔的深層力量磅礴湧現。

大木一行人離開包廂後，去祇園社參加了白朮祭。可以看到很多人在繩端引火，晃動著火星離去。據說用那火給家中爐灶生火煮年糕湯，是自古以來的習俗。

早春

紫色晚霞絢麗奪目，大木年雄不由在山丘駐足。他從下午一點半左右就伏案寫作，寫完一回晚報的連載小說後這才剛出家門。他家位於北鎌倉的山丘。西方天空的晚霞蔓延至極高處。或許是因為有霧，那抹紫色濃艷得幾乎像是薄雲。紫色的晚霞對大木來說很罕見。彷彿用刷子在潮濕的表面橫掃而過，有點濃淡不一的暈染。紫色的柔美蘊藏腳步已近的春天。有塊地方是桃紅色。那似乎是夕陽。

大木想起之前在京都聽完除夕鐘聲，元旦搭乘特快車「鴿子號」回東京時，曾見夕陽下的鐵軌帶著紅光。那條鐵軌閃耀紅光一路伸向遠方。一側是海。隨著鐵軌拐進山陰，那紅色消失了。列車駛入山谷之間，頓時已是黃昏。不過鐵軌的紅色，又令大木想起音子與自己的過去。聽除夕鐘聲時，音子不僅把女徒弟坂見惠子也帶來，甚至還叫了舞妓，想必是迴避與大木獨處，但是她那樣做反而讓大木感到至今自己仍在音子的心中。從祇園社沿著四條通走去，人潮中有醉客也有年輕男人，也有人對著舞妓的髮髻伸手，一邊出言搭訕還想偷摸。平日的京都不會有這種事。大木沿路都在保護二名舞妓。音子和女徒弟跟在後面。

元旦中午搭乘「鴿子號」時，大木雖然明知音子不可能來車站送行還是不免惦記，只見女徒弟坂見惠子來了。

「新年好。本該是老師來送您，但每年元旦基於人情往來必須去給某些人拜年，中午也要等客人來家裡，所以一早就出門了，只好由我代為送行，老師吩咐我一定要鄭重向您致歉。」

「這樣啊。謝謝妳特地跑一趟……」大木回答。元旦的月臺同樣乘客稀少，但惠子的美貌依舊引人注目。「除夕就讓妳來飯店接我，元旦又讓妳來送行，真是麻煩妳了。」

「哪裡。」

惠子穿著和昨晚一樣的和服。上面畫著姿態不一的無數飛鳥還有雪片飄散。面料是帶點青色的綾子。飛鳥雖有著色，但以惠子的年紀而言還是太素了，新年穿有點冷清。

「這和服真好看。是上野女士設計的嗎？」大木問。

「不。是我隨便畫的，畫得不理想。」惠子說著微微臉紅。反而因為和服素淡，更加生動襯托出惠子嬌豔的容貌。而且無數飛鳥的色彩搭配和形態的變化，亦有抽象的青春感。飄散的雪片也看似翩翩飛舞。

惠子送上京都糕點和京都冬季醬菜，說是音子送的禮物。

「另外，這是便當。」

從「鴿子號」進站到發車——不過實際上僅有一兩分鐘——惠子始終站在列車的窗口外。大木只能看到惠子的胸部以上，他覺得現在或許正是惠子一生之中最美的時候。他沒見識過音子青春絢美的時光。被迫與十七歲的音子分手後，昨日見到的音子已經四十歲。

大木提早在四點半左右就打開便當。是各色年菜搭配飯糰。飯糰捏得小巧玲瓏。而且似乎蘊含女人的心意。這是音子親手替昔日糟蹋少女音子的男人捏的飯糰吧。咀嚼著一口或一口半大小的飯糰，大木感到音子的寬容滲入唇齒之間。不，不是什麼寬容，那應該是音子的愛吧。是至今仍深深活在音子心中的愛。被母親帶去京都後，音子有過什麼樣的遭遇，除了她投身畫業始終單身，大木並不知道其他詳情。或許她也談過戀愛。但少女豁出性命的戀愛顯然只有和大木的那一段。大木除了音子也有過幾個女人。但是沒有一個是抱著對少女音子那麼深刻的痛楚去愛過。

「這米不錯。不知是哪裡的米。關西米……」大木思忖，繼續把小飯糰放進嘴裡。不乾不濕，鹹淡恰到好處。

音子十七歲時早產、自殺未遂，兩個月後，被關進鐵窗深鎖的精神科病房。音子的母親曾通知大木，卻不准他去探望。

「可以從走廊遠遠看那孩子一眼，但是請你別來……」音子的母親說。「我也不想讓大木先生看到那孩子現在的模樣。如果見到你，恐怕也會擾亂她的安寧。」

「她還認得出我嗎？」

「那當然……不就是因為你才讓她變成那樣。」

「……」

「不過，她應該沒有瘋掉。醫院的醫生也安慰我，說她只是一時失常。她經常做出這種動作喔。」母親說著比劃出哄抱嬰兒的架勢。「是想孩子吧。真可憐。」

音子三個月後就出院了。母親去見大木，說道，

「我知道大木先生你有妻小。音子想必也一開始就知道。明知如此，我這把年紀了，還求你這種事，你想必會認為我才是瘋子……」音子的母親雙肩顫抖。「能否請你和音子結婚？」

母親含淚低下頭。咬緊牙關。

「這個我也考慮過。」大木苦澀地回答。大木的家庭當然也掀起風波。妻子文子當時二十四歲。

「我一次又一次考慮過。」

「如果你覺得我和女兒一樣昏了頭，聽完不當一回事也沒關係。我也不會再求你第二次。我不要求你現在娶她。兩年也好三年也好，五年七年都沒關係，我會讓音子等你。就算我不說，音子也一定會死心塌地等下去。況且她還是十七歲的女學生……」

那種語氣，讓大木覺得是母親剛烈的性情遺傳給女兒音子。

不到一年，母親就賣了東京的房子，帶著女兒遷居京都。音子也轉學到京都的高等女校。晚了一年才畢業。女校畢業後進入繪畫專門學校。

之後就這麼過了二十幾年，直到除夕一起在知恩院聽鐘聲，元旦特意給搭乘特快車的他送便當。不只是飯糰，那些年菜似乎也同樣遵循了京都的傳統規矩，大木每次動筷都會先打量片刻才放進嘴裡。都飯店供應的早餐，也出現應景的年糕湯，但真正的年味在這個便當。等他回到北鎌倉的家，家裡的年菜八成就像這年頭的婦女雜誌上的彩色照片，也添加了大量的洋味吧。

京都的女畫家音子，正如女徒弟所言，似乎有元旦的人情往來，但也不至於抽不出十分鐘或十五分鐘的空檔來車站一趟。一如聽除夕鐘聲時音子迴避與大木獨處，果然又是派女徒弟來車站送行。不過昨晚，當著女徒弟和舞妓的面，大木雖然不便對音子提及任何往事，那段往事卻似乎在二人之間交流。這個便當也是。「鴿子號」啟動後大木從車內拍打車窗玻璃，隨即察覺外面的惠子聽不見，連忙把車窗向上抬起二公分左右，說道，

「謝謝妳元旦一早就來送行。妳家在東京吧。有時應該會回東京吧。屆時也來我家坐坐。北鎌倉很小，只要在車站附近打聽一下，立刻就能找到我家。還有，那種抽象畫，我是說妳家音子老師說的那種帶點瘋狂的畫作，隨便一幅兩幅都好，請寄來給我看看。」

「那多丟人啊。都被上野老師說是瘋狂的畫了……」惠子的眼中瞬間閃現異樣的神采。

「不，那應該是因為她自己已經畫不出那種畫。」

列車停車的時間短暫，和惠子的對話也很簡短。

大木雖也寫過幻想式的小說，卻不寫現在所謂的抽象小說。語言和文字一旦脫離日常的實用性，難免會被視為抽象、象徵，但大木似乎反倒打從年輕時

就致力於在散文中抹殺創造這種東西的才華與資質。他對法國象徵詩派和新古今和歌、俳諧等當然也很熟悉，但他似乎從年輕時就學會如何用抽象、象徵的文字呈現具體、寫實的東西。不過具體、寫實的東西如果深究下去，似乎還是象徵性、抽象性的東西。

但是，比方說大木用語言和文字描述的音子，和真實的音子又是什麼關係呢？真相恐怕難以捕捉。

大木的小說之中壽命最長、至今仍廣為大眾閱讀的，是他描寫與十六、七歲的上野音子戀愛的長篇小說。那篇小說問世後，音子在外的名聲受損，遭到眾人投以好奇眼光，無疑也妨礙了音子的婚事，但二十幾年後的現在，作為小說模特兒的音子反倒受到讀者喜愛，這又該怎麼說呢？

與其說作為小說模特兒的音子受到讀者「喜愛」，或許該說是大木小說中的音子受到喜愛更正確。那不是音子說出的自己，是大木筆下的產物。其中添加了大木身為作家的想像及虛構，當然也經過美化。但就算剔除那些東西，大木寫出的音子，和音子口中的自己，其實根本不知道哪個才是真正的音子吧。

然而，小說中的女孩無疑就是音子。大木如果沒有那段與音子的戀情，不可能誕生這篇小說。直到二十幾年後的現在，這篇小說仍被廣泛閱讀，顯然是因為有音子這個模特兒。如果大木當初沒有遇到音子這個少女，大木的人生就不會有這場戀愛。三十一歲的大木與音子相知相愛，究竟是宿命還是上天的眷顧，要看從什麼角度去想，況且想了恐怕也無解，但那的確帶給人木作為作家的幸運起點。

大木將這篇小說命名為《十六、七歲的少女》。這名字雖然平平無奇，但在二十幾年前，一個舊學制的女學生十六、七歲就偷嚐禁果，早產，甚至因此短暫發瘋，是相當不尋常的事。但事件的另一個主角大木並不覺得有那麼異常。當然也沒有將之當成異常來描寫。對音子也沒有投以好奇的眼光。就像小說的平凡名稱，作者很誠實地把音子描寫成純潔熱情的少女。努力用容貌身材動作烘托出少女的鮮明印象。換言之，作者青春的愛情清新地灌注其中。《十六、七歲的少女》多年來之所以廣受大眾閱讀，或許就是因為這些因素。年輕卻已有妻小的男人與少女的悲戀，表面上甚至看不出道德的反省，唯獨強調了美感。

大木和音子偷情時，

「大木先生總是認為對不起這個人、對不起那個人。你應該更厚臉皮才對。」被音子這麼說，大木吃了一驚。

「我已經很厚臉皮了。現在不也是嗎？」

「不，我不是說你跟我的事。」

「……」

「無論什麼事，都該更隨心所欲才好。」

大木一時詞窮，不由反省自身。直到很久之後他都忘不了音子的這句話。十六歲的少女之所以能看穿大木的性格與生活，他感到那是因為她的眼中有愛。大木應該算是已經活得很任性了，但與音子分手後，有時因別人的想法耿耿於懷時，還是會想起音子說過的話，想起說那句話時的音子。

音子或許察覺大木停止愛撫是因為自己說的話，將臉貼在大木的手臂上。就此沉默，一口咬住大木的手肘內側。是用牙齒用力咬。大木忍痛沒有挪動手臂。音子的眼淚沾濕大木的手臂。

「很痛。」大木說，拽著音子的頭髮把她扯開。大木的手臂留下音子的牙印。有點滲血。音子舔舔那裡說，

「你也咬我吧。」

大木打從剛才就從手腕往肩膀打量音子的手臂，那隻手依然充滿少女氣息。他親吻她的肩。音子怕癢，扭身閃躲。

大木寫《十六、七歲的少女》，當然不是遵循音子說的那句「無論什麼事都該更隨心所欲」，但他的確邊寫邊想起音子說的話。《十六、七歲的少女》是他與音子分手兩年後寫完出版的。當時音子已被母親帶去京都定居。音子的母親明知大木已有家室，還是請求大木與音子結婚，卻遲遲得不到大木的回覆，或許就是因此才離開東京。想必是難以忍受獨生女和自己的痛苦與悲傷吧。在京都的音子母女不知是怎麼看待大木的《十六、七歲的少女》？又是怎麼看待以音子為模特兒的小說，成了大木的成名之作逐漸受到讀者喜愛？世人當然沒有探究年輕作家的小說模特兒是誰。人們是在大木年過五十已在文壇頗

具地位，開始有人調查大木的經歷後，才發現《十六、七歲的少女》的模特兒是音子。那時音子的母親已經過世了。音子也成了京都的女畫家，所以這個模特兒變得更知名。音子的照片也因她是《十六、七歲的少女》模特兒的緣故而被雜誌刊登出來。音子不可能同意以模特兒的身分讓人拍照，所以大木猜想，八成是她以畫家身分拍的照片被人擅自使用。音子當然不曾對報章雜誌吐露過身為小說模特兒的感想。《十六、七歲的少女》發表時，音子母女也沒有對大木提出任何意見。

鬧出問題的反而是大木的家庭。這是理所當然。大木的妻子文子，婚前是日文打字員，任職於某通信社。大木把自己寫的東西交給新婚妻子打字。那多少也是新婚的甜蜜遊戲、調情方式，但不僅如此。大木的作品第一次在雜誌發表時，手寫原稿和細小鉛字的印刷版相比，效果及印象的差異之大令他瞠目。但是寫慣之後，手寫原稿時自然也能想像到印刷出來的效果。並不是考慮到那個效果刻意去寫，他完全沒把那個放在心上，但是印刷版與原稿之間的差異自動消失了。他已經能寫出可以直接作為印刷版閱讀的文章。手寫稿看起來無

趣、空泛之處，換成鉛字後，就變得很緊湊。這或許表示他已經完成職業訓練出師了。所以大木常勸剛開始寫小說的人，

「刊登在同人雜誌什麼的也行，總之一定要試著印刷出來看看。那和手寫稿大不相同，會意外發現很多東西喔。」

如今的發表形式是鉛字印刷。但是有時也能體會到相反的驚喜。比方說《源氏物語》，大木過去看的都是註釋本或小型文庫本，也就是現在的細鉛字本，但是有一次，閱讀北村季吟的《湖月抄》木刻本時，印象大為不同。他繼而思索，如果進一步上溯，看古代王朝時那種用美麗假名書寫的手寫稿，印象又會是怎樣呢？還有，《源氏物語》放在現代當然是千年前的古典文學，但在王朝時代算是現代小說。《源氏物語》的研究再怎麼進展，現在也不可能將它當成現代小說來閱讀。但是看木刻版，比看印刷版更令人陶醉。高野切的《古今集》和歌，想必也一樣。時代下移，大木看西鶴的作品時也盡量看元祿時代的木刻本（儘管那應該是複製品）。不是出於懷古趣味，而是為了盡可能貼近作品的真實。然而，現代作品看手寫稿的複製版只是附庸風雅，還是得看鉛字

版。乏味的手寫稿不值一看。

和文子結婚時，大木的手寫稿和印刷版之間已經沒什麼差別，但妻子是打字員，所以他還是讓妻子把原稿打出來。日文打字稿想必比手寫稿更接近鉛字印刷。同時，這也是顧及現在的西洋原稿幾乎都是打字或請打字員謄稿才做出的嘗試。沒想到，打出來的大木小說，或許是因為看得不習慣，比手寫稿和印刷版更乏味無趣。但是也因此可以看出缺點，似乎更容易修改。於是大木從此習慣把所有的稿子都交由文子打字。

《十六、七歲的少女》的原稿要如何處理，牴觸到這個習慣。如果交給妻子打字，等於帶給她痛苦和屈辱。太殘酷了。音子十六歲時，文子二十三歲，已經生下一個兒子。丈夫和音子的戀情她當然有所察覺，也曾半夜背著嬰兒徘徊鐵軌。過了兩小時回來後，也不肯進屋裡，只是倚靠院子的老梅樹。出去找人的大木，走進大門時，循著啜泣聲找到文子。

「妳在幹什麼，這樣孩子會感冒的。」

三月中旬還很冷。孩子果真感冒了。且因疑似肺炎住院。文子也跟去醫院照顧。

文子還說，「這孩子如果死了，你不就更方便和我離婚了。」但大木還是趁著妻子不在家時，出門去見音子。後來孩子救活了。

音子十七歲早產，文子也是發現音子母親從醫院寄來的信才得知。十七歲生子不足為奇，文子卻震驚得難以置信，大罵讓少女落到這種下場的丈夫是惡魔，最後激動得咬到舌頭。看到妻子的嘴唇流血，大木慌忙掰開妻子的嘴巴把手伸進去。文子幾乎窒息，隨即作嘔，渾身癱軟。大木抽出手。手指留下妻子的牙印，還流血了。妻子看了總算稍微平靜下來，替大木清洗手指，塗上止血藥，綁上繃帶。

音子與大木分手，偕母遷居京都之事，文子也知道了。《十六、七歲的少女》就是在那不久後寫成的。讓文子打這篇小說，恐怕會讓妻子嫉妒與苦惱的傷口再次流血，但是如果只有這篇不讓她打字，又像是瞞著妻子「祕密出版」。大木遲疑之後還是豁出去把稿子交給妻子。多少也是打算先把一切向妻子坦白。文子似乎在開始打字前先從頭到尾看了一遍。她忍不住這麼做。

「我應該跟你離婚才對。為什麼當時沒有離婚呢。」文子慘白著臉說。

「所有的讀者都會同情音子。」

「我不太想寫妳的事。」

「我當然不能和你的理想女性相比。」

「我不是那個意思。」

「畢竟我只會因醜陋的嫉妒而發狂。」

「音子已經離去。妳才是今後要與我共度白首的人。不過，那篇小說中的音子，添加了許多作者的杜撰，和真正的音子不同。比方說，音子精神失常時的事，我就完全不知道。」

「那個杜撰的部分，就是你的愛情。」

「是啊，否則我大概也寫不出來吧。」大木明確地說，「那篇也可以幫我打字嗎？雖然我知道妳可能會很痛苦……」

「當然可以。打字機是機器。我只是被機器操縱。」

就算文子說要把自己變成「機器」，當然也不可能徹底做到。她似乎經常打錯字，大木屢屢聽見撕破打字紙的聲音。而且當她停下休息時，也會偷哭甚至嘔吐。狹小的家裡，算不上書房的簡陋三坪房間，隔壁是二坪多一點的起居室，那台打字機就放在起居室的角落，所以大木待在書房也很清楚文子的狀況。他無法安心坐在桌前。

然而，文子對於《十六、七歲的少女》已絕口不提。或許是覺得「機器」不該開口。《十六、七歲的少女》以四百字的稿紙計算共有三百五十張，文子身為職業打字員，儘管過去一直替大木打稿子，恐怕也要耗費不少天。她的臉色日漸蒼白，臉頰也凹陷了。眼睛憤怒地吊起，有時眼神渙散不知盯著哪裡。她固執地始終抱著打字機不放。結果某天，她在晚餐前吐出黃色嘔吐物後趴倒。大木繞到文子的身後摩挲她的背部。

「水，給我水。」文子呻吟。眼眶泛紅含著淚水。

「對不起。果然不該讓妳打這篇小說。」大木說。「可是如果只有這篇瞞著妳發表，我也過意不去……」那樣就算不至於令夫妻徹底決裂，日後恐怕也會留下永難癒合的傷痕。

「你肯讓我打字，不管有多痛苦，我都很感激。」文子試圖擠出軟弱的笑容。「我第一次打這麼長篇的內容，所以一定是累了。」

「正因為篇幅長，妳受到的折磨也更長。這或許堪稱嫁給小說家的報應。」

「透過你這篇小說，我對這位音子小姐有了充分了解，雖然痛苦得快死掉，卻又覺得能夠認識音子小姐，對你是一件好事。」

「我不是說過了，小說裡那個是被我理想化的音子。」

「這個我知道。這樣的小姐，現實中根本不存在。但我還是希望你也能多寫一點我。就算把我寫成像夜叉一樣嫉妒成狂的惡妻也沒關係。」

大木不知該如何回答，「妳不是那種可怕的妻子。」

「你根本不了解我心裡的想法。」

「不，我只是不想四處宣揚家庭隱私。」

「少騙人了。你根本就是迷戀年幼的音子，只想寫她一個人。你認為如果把我也寫進去，就會玷汙她的美，把小說弄髒對吧？不過，小說真的必須那麼乾淨無瑕嗎？」

縱使妻子嫉妒成狂，大木也沒有充分寫進小說，結果此舉又引發妻子新的嫉妒。他並非沒有寫文子的嫉妒。正因為寫得簡潔，反而堪稱訴求力更強。然而，文子似乎很不甘心自己沒有被詳細描寫。那是大木無法理解的妻子心理。她或許認為，相較於音子，自己遭到輕視，或甚至近似漠視的對待吧。《十六、七歲的少女》是寫大木與音子那段悲戀的小說，因此對妻子文子的描寫不如音子是必然的發展。此外，雖然添加了作者虛構的情節，但大木也如實寫出了自己背著妻子偷情的種種事實。大木更怕讓妻子發現那個，沒想到妻子似乎覺得自己只被提到寥寥幾筆更讓她受傷。

「因為我不想透過妳的嫉妒來描寫音子。」大木說。

「沒有愛——甚至連恨也沒有的東西，你大概寫不出來吧……我打那篇小說時，深深反省為何沒有跟你離婚放你自由。」

「怎麼又說這種無聊的話。」

「我是認真的。沒有離婚是我的重罪。我大概得一輩子背負那個罪過。」

「妳胡說什麼？」大木抓著文子的肩膀用力搖晃。文子的胸部以下劇烈起伏，又痛苦地吐出黃水。大木連忙鬆手，

「……」

「沒關係。我、我、也許是害喜。」

「什麼！」

大木嚇傻了。文子雙手蒙臉，嚎啕大哭。

「那妳該好好休養才對。不要再打那篇小說了。」

「不，我要打。讓我打。只剩一點就能打完了，而且只是動動手應該沒關係。」

文子執拗地不肯聽大木勸說。打完小說之後才過五、六天，文子就流產了。比起打字這個行為本身，想必是打字內容帶來的心理打擊所致。請了女醫生來家裡出診後，文子一直在家休養，但她隨意綁成辮子的頭髮好像也變得有點稀薄。文子原本有一頭濃密柔軟的直髮。她只淡淡塗抹了一點口紅。失去血色的臉孔，由於未施脂粉，露出光滑細緻的肌膚。流產並未對年輕的文子造成

太太的傷害。

但大木還是把《十六、七歲的少女》就此塞進檔案夾。雖未撕毀或燒掉，卻也沒有拿起來重看。環繞這篇小說，已有兩條生命葬送在黑暗中。音子的早產和文子的流產，想想挺不吉利的吧。夫妻倆好一陣子都沒碰觸這篇小說的話題。後來，先提起的是文子。

「那篇你為什麼不發表？是因為對我感到愧疚？既然和小說家結婚，碰上這種事也莫可奈何，就算真有愧疚，我認為也該是對音子小姐。」說這番話的文子，已在流產後恢復健康，肌膚的色澤甚至看起來光彩照人。這就是青春的神奇嗎？渴求丈夫滋潤的女性慾望也比之前覺醒了。

《十六、七歲的少女》出版時，文子又懷孕了。

《十六、七歲的少女》頗受評論家讚譽。更被廣大讀者喜愛。文子當然不可能忘記嫉妒與痛苦，但她沒有形諸於色也沒有說出口，只為丈夫的成功歡喜。而且在大木的小說中至今最暢銷的，就是這篇號稱他年輕時代代表作的《十六、七歲的少女》。它不僅有助於大木一家的生計，也讓文子有好衣裳穿，買得起首飾配件，甚至用來補貼文子兒女的教育費。現在文子大概已經完全不認為這些都是因為有音子這個少女，且少女與大木發生畸戀才得到的。她可能覺得這是丈夫理所當然的收入。至少，音子與丈夫昔日的悲戀，如今對文子而言想必已不再是悲劇。

對此，大木雖不至於反彈，但有時也不免深思。成為《十六、七歲的少女》模特兒的音子，對於大木應該算是無償付出吧。關於書中的描寫，音子始終沒有對大木說過一句話。音子的母親也沒有上門來抗議。那是語言和文字構成的小說，所以比起繪畫或雕刻的寫實性紀念形象，更深入音子的內心世界，臉型也按照大木的喜好，添加了自己的想像、虛構、美化，但那無疑就是音子。大木任由青春愛戀的熱情噴發，絲毫沒想過音子的困擾，也沒考慮到未婚的音子將來會受到的影響。那篇小說或許吸引了讀者，但也可能阻礙了音子的婚姻。大木因為《十六、七歲的少女》名利雙收。文子的嫉妒也被沖淡，傷痕似乎就此撫平。被迫分手的音子的早產，和守住正妻地位的文子的流產，兩者想必也大不同。俗話說流產之後生得快，文子後來果然順利生下女兒。仍維持原樣的，只有小說《十六、七歲的少女》，歲月就此流逝。小說沒有著力描寫文子的嫉妒醜態，就家庭和睦這個通俗意義而言或許是好事。儘管那對《十六、七歲的少女》這篇小說本身的確是個弱點，但是不也讓這篇小說更淺顯易讀、小說中的音子更惹人憐愛嗎？

說到大木的代表作，即便在二十幾年後的現在，也必然會先提到這篇《十六、七歲的少女》。大木身為小說家好像很沒出息，有時不免也曾獨自憂鬱地抱怨「真煩」，不過換個角度想，其中想必也有青春的清新動人。而且被社會評價支持的大眾喜好，縱然作者本人抗議也難以動搖。作品等於已經離開作者自有生命了。不過，曾是十六、七歲少女的音子，後來究竟怎樣了？偶爾大木也不免擔心。只知道她被母親帶去京都。大木之所以在意音子，多少也可以說是因為小說《十六、七歲的少女》一直活著。

音子以畫家的身分揚名，是近幾年的事。之前彼此毫無音信。大木猜想音子應該是平凡地結婚過著平凡的日子，多少也希望是那樣。然而，有時回想起來，又覺得以音子的個性不可能甘於平凡生活，這或許是因為自己內心仍有眷戀的緣故。

所以，得知音子成為畫家時，大木頗受衝擊。

分手後直到成為知名畫家，這之間音子嚐盡怎樣的苦楚，克服了多少煩惱，大木無從得知，但他感到戰慄的歡喜。在百貨公司的畫廊偶然看到音子的畫作時，他的內心激動。那不是音子的個展，是很多畫家聯展賣畫中有音子的一幅。畫的是牡丹。畫布上方大膽地只畫了一朵紅牡丹。花朵朝著正面，比實際更大朵。葉片稀少，畫面下方有一個白色花苞。從那朵大得不自然的花，大木看到音子的矜傲和高潔。雖然當場買下畫，但是畫上有音子的落款，大木不方便帶回家，只好捐贈給小說家俱樂部。單獨高掛在俱樂部的牆上時，和在熱鬧的百貨公司看到的印象多少有點不同。那朵碩大的紅牡丹彷彿是精怪，又像是孤獨從深處發光。也就是那時，他在婦女雜誌上看到那張音子在畫室的照片。

想在京都聽除夕鐘聲，是大木的多年夙願，但是想和音子一起聽鐘聲的念頭，一部份也是因這幅牡丹圖誘發。

北鎌倉被稱為「山內」，南北山丘之間有道路相通，花木繁多。今年路旁的繁花想必也將預告春天來臨。從北丘散步至南丘已成習慣。那片紫色晚霞，就是從南丘的高處望見的。

晚霞很快失去紫色，沉入灰色轉為冰冷的墨藍色。正要來臨的春天似乎又退回冬天。把薄霧某處染成桃紅的夕陽大概也已沉落。忽然感到寒意。大木從南丘走下山谷回到北丘的家。

「有位年輕的坂見小姐從京都來訪。」文子說。「她帶來兩幅畫，還送了麩嘉[1]的生麩。」

「人已經走了？」

「是太一郎送她出去的。或許是去找你了。」

「噢？」

「那位小姐漂亮得嚇人。她是什麼人？」妻子緊盯大木窺探他的臉色。大木努力裝作若無其事，但妻子憑著女人的直覺似乎已經猜到那個女孩和上野音

1 麩嘉，京都最具代表性的生麩專賣店。

子有關。

「畫在哪裡？」大木說。

「在書房。還包得好好的，我沒看。」

「是嗎？」

坂見惠子想必是遵守送大木去京都車站時的約定，把畫送來了。大木立刻走進書房拆開包裹。畫作有二幅，有簡單的裱框。其中一幅題為〈梅花〉。說是梅花，其實只有一朵花畫得像嬰兒的臉那麼大，無枝也無幹。而且一朵花上有紅色花瓣也有白色花瓣。一片紅色花瓣中又奇妙地分為深紅與淺紅。

這朵巨大的梅花倒是沒怎麼扭曲變形，但是完全沒給人圖畫的印象。只覺得是怪異的靈魂在晃動。真的很像在動。那或許是畫面背景造成的錯覺。大木起初以為背景是層層疊疊的厚冰碎片，但再仔細一看，似乎是雪山連綿起伏。並非寫實風格，所以說是厚冰或雪山皆可，但是讓人一看便感到氣勢磅礡那必然是雪山。如此尖銳鋒利且上寬下窄的山當然不可能存在，可那就是抽象風格。或許不是雪山亦非厚冰，只是惠子的內心風景吧。就算真是累累雪山，也不是冰雪的白。雪的冰冷感和雪的溫暖色彩譜成音樂。而且雪不是一成不變的白。彷彿各種顏色在唱歌。就和一朵梅花的花瓣有紅白色調的變化是一樣的。若當成冰冷的畫的確很冷，若說是溫暖的畫也的確很暖，總之梅花浮現畫家這個年紀的年輕情懷。坂見惠子應該是配合季節，特意為大木畫了新作吧。看得出是梅花，所以或許該稱為半抽象畫？

看著畫，大木想到院子那棵老梅樹。園丁說是梅樹的畸形突變種，因此大木也就這麼認為，把園丁半吊子的植物學知識照單全收，從未自己查證過。那棵老梅樹同時開出白花與紅花。不是嫁接，就是一根枝上混雜紅梅與白梅。並非每根樹枝都這樣，也有一根枝上全是白梅或全是紅梅。不過，許多枝椏都是紅花白花齊綻放。而且紅白混雜開花的不見得每年都是同樣的枝椏。大木深愛這棵老梅樹。現在老梅樹正有花苞綻放。

坂見惠子的畫作，無疑是用一朵梅花來象徵這棵不可思議的梅樹。惠子大概是聽音子提過這棵梅樹吧。上野音子十六、七歲時，雖不曾來過已和文子結婚的大木家中，但她聽大木提過這棵老梅，就算說話的大木忘了，音子想必還記得。而且音子大概也告訴了徒弟惠子。

提及梅樹的同時，是否也吐露了昔日的悲哀愛情呢？

「那是音子小姐的……？」

「啊？」大木轉頭。他看畫看得太入神，沒發現妻子就站在身後。

「是音子小姐的畫作吧？」妻子說。

「不是。她哪會畫這麼年輕的畫。是剛才來的那個女孩的作品。落款不也寫著『惠』嗎。」

「好怪的畫。」文子的聲調有點僵硬。

「是有點怪。」大木努力溫和地回應，

「這年頭的年輕人，創作日本畫也這樣。」

「這叫做抽象派嗎？」

「或許還稱不上抽象派，但也算吧……」

「另一幅更奇怪。也不知是魚還是雲，世上還有這樣隨意把各種顏色塗上去的畫啊？」文子在大木的斜後方彎身屈膝，就這麼坐下了。

「哼，魚和雲，差別可大了。應該不是魚也不是雲吧。」

「不然這畫的是什麼？」

「既然看起來像魚或雲，或許就當成那樣的畫也好。」

大木的目光移向那幅畫。畫靠在牆邊，他彎腰湊近看著畫框的背面說，

「〈無題〉。畫名是〈無題〉。」

那幅畫沒有任何物體的形狀，運用的色彩比〈梅花〉更多更強烈。有大量的橫線，或也因此文子才會勉強解釋為魚或雲。乍看之下，顏色似乎也不協調。不過，就日本畫而言充滿熱情。當然，並非胡亂塗鴉。〈無題〉反而可以解釋為任何意思，畫家的主觀看似掩藏，或許反而因此呈現。大木審視畫的核心在何處之際，妻子質問：

「那個人，和音子小姐是什麼關係？」

「是她身邊的徒弟。」大木回答。

「這樣啊。可以讓我把畫撕掉或燒毀嗎？」

「別胡說。為什麼要做出那麼粗暴的舉動……」

「這兩幅畫，都是用心描繪音子。不能留在我們家。」

大木遭到妻子的突襲，雖然驚訝女人的妒意來得迅如閃電，他還是平靜地說，

「這怎麼會是描繪音子的畫。」

「你看不出來？」

「是妳想太多了。疑心生暗鬼。」大木嘴上這麼說，心底卻也燃起小小的火苗，而且似乎越燒越旺。

〈梅花〉這幅畫越看越覺得分明是呈現音子對大木的愛。如此說來，〈無題〉也像暗藏音子對大木的愛。〈無題〉也用了膠彩。畫面中央略偏左下角處，用了強烈的膠彩渲染技法。在那渲染之中，有塊地方異樣明亮如窗口，似可窺見這幅畫的靈魂。越想越覺得那是音子對大木不滅的愛。

「可是，這兩幅畫不是音子畫的，是女徒弟畫的。」

文子似乎在懷疑，京都的除夕鐘聲，大木可能是和音子一起聽的。不過，當時她什麼也沒說。或許是因為大木正月元旦就回來了。

「總之，我討厭這些畫。」文子橫眉豎眼，「不能留在家裡。」
「撇開妳的喜惡先不說，這可是畫家的作品。儘管只是年輕的閨秀畫家。可以這樣隨便糟蹋作品嗎？更何況，妳知道人家是要把畫送給我們，還是只想借我們看一下？」
文子啞口無言。
「是太一郎出面接待的……所以應該是送她去車站了吧，不過只是去北鎌倉的車站，未免去太久了。」
這點也讓文子煩躁嗎？車站很近，電車每十五分鐘就有一班。
「這次該不會輪到太一郎被勾引吧？畢竟那女人妖裡妖氣的，長得很漂亮。」
大木把兩幅畫重新疊放在一起，慢慢包好，「別說什麼勾引。我討厭勾引這種字眼。既然是那麼漂亮的女孩，這幅畫應該是畫她自己吧，是女孩子的自戀……」
「不，這絕對是畫音子。」

「嗯——就算真是這樣，或許也是因為她和音子是同性戀才畫的。」

「同性戀？」文子錯愕，「她倆是同性戀？」

「我不知道。不過，就算是同性戀也不足為奇吧。兩人同住在京都的古寺，而且個性好像都偏激得有點瘋狂。」

同性戀這個說法，顯然令文子很困惑。文子沉默片刻。

「就算是同性戀，我還是認為，那幅畫應該是描繪音子對你不曾磨滅的愛情。」文子的說話態度放緩。大木很羞愧自己當下為了找藉口脫困，竟然扯出什麼同性戀。

「妳說的，和我說的，想必都只是妄想。因為我們倆都是抱著成見在看畫……」

「既然如此，不要畫這麼莫名其妙的畫不就好了。」

「嗯哼。」

無論再怎麼寫實的畫，也會流露畫家內在的感情和意圖。不過，大木現在不想和妻子繼續議論那種話題。他是卑怯的。文子對於惠子畫作的第一印象或許意外地正確。而且，「同性戀」這個大木突如其來的印象或許也意外地正確。大木如是想。

文子離開了書房。大木還在等兒子太一郎回來。

太一郎在某私立大學擔任國文系講師。不上課的日子，就去學校研究室，或者在家查閱書籍。他自己起初是希望專攻明治以後的「現代文學」，但是因父親反對，目前研究的是鎌倉、室町時代的文學。他可以閱讀英法德三種外語，但就一個國文學者而言這是長處嗎？太一郎算是才華出眾，不過與其說他溫文儒雅，個性似乎有點憂鬱。相較於妹妹組子舉凡洋裁、裝飾品、插花、編織等各方面都樂於涉獵且無比開朗，或許堪稱性格正好相反。組子找他去溜冰或打網球，他也態度冷淡，被妹妹視為怪人。當然他也不和妹妹的閨蜜打交道。他會把學生叫來家裡，卻從未正式介紹給妹妹。母親文子會親切地在家招待太一郎的學生，組子有時就算因此擺臭臉，也從來不記恨。

「因為太一郎即使有客人來，也只是開頭讓女傭送杯茶就沒事了，可是組子會自己把冰箱乃至櫥櫃最深處都翻個底朝天，還擅自打電話去壽司店叫一大堆外賣，鬧得雞飛狗跳……」母親這麼一說，組子作勢吐舌頭，「那是因為來找哥哥的都是他的學生吧。」

組子婚後和丈夫去了倫敦，一年頂多寄回來兩三封信。太一郎當然還無法自食其力，也沒提過要結婚。

不過，太一郎送坂見惠子去搭車卻遲遲不歸，連大木也開始擔心了。

大木從書房小小的後窗隔著玻璃向外望。戰時挖防空洞挖出的廢土在山腳堆得很高，已經覆滿雜草。那片雜草中，開滿藍紫色花朵。小草低調得幾乎毫不起眼。花也非常小，但那藍紫色極為濃豔。除了沈丁花，就只有這藍紫色小花在大木的院子裡最早綻放。而且花期極長。不知是什麼花，雖然不是宣告春天來臨的知名花卉，但是距離書房的後窗很近，大木每每想把那小花抓在手裡仔細看一看，卻還沒去過後院。因此好像反而對藍紫色小花更添喜愛。

那片草叢略晚也有蒲公英綻放。蒲公英開花的壽命也很長。此刻在暮色中，只有蒲公英的黃色和那叢小花的藍紫色還留著。大木凝視許久。

太一郎仍未歸來。

滿月祭

上野音子帶著女徒弟坂見惠子，決定去鞍馬山看「五月的滿月祭」。這個「五月」是陽曆，但滿月當然是「陰曆」。前一晚，月亮升上東山晴朗的天空。

「明天應該也有好月色喔。」音子在簷廊看著月亮喊惠子。滿月祭時參拜者要喝下杯中映現滿月的酒，所以如果天色陰霾看不見月亮，那就沒意思了。

惠子也來到簷廊，輕輕將一隻手放在音子的背上。

「五月的月亮。」音子說。惠子沒有點頭附和，沉默片刻後，說道，

「老師，現在要不要去東山的觀光公路，或是去大津那邊看琵琶湖倒映的月亮？」

「琵琶湖的月亮？那一點也不稀奇。」

「比起大片湖水倒映的月亮，還是映在小酒杯中的月亮更好？」惠子說著，在音子的腳邊坐下。

「老師，院子的顏色真有意思。」

「是嗎？」音子也垂眼看院子。「惠子，去拿坐墊來，順便把房間的燈關了……」

坐在簷廊，被寺院的廚房遮住視線，從這間偏屋只能看到中庭。院子幾乎乏善可陳。不過，長方形的院子約有一半被月光照亮。踏腳石也因月色的明暗使得顏色不同。白色杜鵑花在暗影中綻放，看似飄浮半空。雖已五月了簷廊邊還有紅色的楓樹嫩葉，只可惜在夜色中黑糊糊的。這鮮紅的楓樹嫩芽，春天總有客人誤認為花朵，問起「那是什麼花」。院子常有檜葉金髮蘚生長。

「我去泡新茶吧？」惠子說。惠子似乎不解，這樣平凡無奇的院子，音子為何看得這麼起勁。這是自己住的院子，所以從早到晚朝朝暮暮不想看也看慣了。音子略低著頭，一直面向院子被月色照亮一半的那邊，似乎若有所思。

惠子回到簷廊替她倒新茶，

「老師，羅丹的〈接吻〉用的模特兒據說到了八十歲還活著呢。我記得在哪看過文章，可是只要一想起那座雕刻，總覺得難以置信。」

「噢？那是妳還年輕，才會說這種話。就算是替那件青春洋溢的傑作做過模特兒，也不代表就得在青春正盛時死掉吧。那樣挖模特兒八卦的人太過分了。」

惠子暗自反省，是否自己不小心說錯話，又讓音子想起大木年雄的《十六、七歲的少女》，不過，四十歲的音子很美。惠子假裝沒發現，繼續說道，

「看到寫〈接吻〉的模特兒那段時，我就想拜託老師，趁著我現在年輕，請老師替我畫一張像。」

「那也得我畫得出來才行。我看妳倒不如自己畫一張自畫像算了。」

「我哪行……我抓不準形狀，就算我能畫，也會暴露自己內心的種種醜惡，恐怕會變成令人憎惡的畫。況且，如果只有自畫像是以寫實風格描繪，人家一定會覺得我這人很自戀。」

「自畫像還是想用寫實風格描繪？真矛盾。不過妳還年輕，今後會怎麼變

化也很難說。」

「我想請老師幫我畫。」

「我要是畫得出來就好了。」音子再次說。

「那是因為老師的愛情已消退，開始對我敬而遠之吧。」惠子的聲音尖銳，「如果是男畫家，一定樂於替我作畫。哪怕是裸體……」

「天啊。」音子對於惠子的控訴，其實並沒有那麼驚訝，

「既然妳這麼堅持，那就畫畫看吧。」

「哇，太好了。」

「裸體可不行喔。女人畫女人的裸體，我可不覺得有趣。尤其是像我畫的這種日本畫。」

「我如果要畫自畫像，就畫和老師在一起的時候。」惠子撒嬌似地說。

「那妳要用什麼樣的構圖組合我倆？」

惠子像要賣關子般抿嘴一笑，「老師如果肯畫我，我的畫用抽象畫法就好，讓人認不出來……您不用擔心。」

「我才不擔心。」音子啜飲香氣馥郁的新茶。

這是音子往返宇治田原的湯屋谷茶園寫生時，得到的新茶。當時茶園已開始採茶，她卻沒把採茶姑娘畫進去。整個畫面只有茶樹的圓形高高低低重疊。音子連去多日，畫了無數張。隨著時間不同，茶園畦壟的陽光也不同。惠子也跟著音子往返。

「老師，這是抽象畫吧。」惠子說。

「那得妳來畫。以我而言，整個畫面都是綠色就已經很大膽了，不過只要新綠和舊綠之間，柔和圓融的波浪形狀和色彩變化能夠取得調和，那就沒問題。」

那幅根據多次寫生打底稿的草圖，在畫室完成了。

不過，音子想畫宇治湯屋谷的茶園，並不只是因為綠色波浪的深淺色調、線條起伏的趣味。與大木年雄的愛情破滅，和母親避往京都之後，每次往來東京和京都時，留在音子心裡的，是她從火車窗口看到的靜岡一帶的茶園。有時是正午的茶園。有時是傍晚的茶園。音子當時還只是個女學生，當然也沒打算成為畫家，只是望著茶園感到被迫與大木分手的哀愁湧上心頭。東海道沿線其實有山，有海，也有湖，有些時刻連雲朵也染上感傷的色彩，不知為何偏偏是不起眼的茶園令音子心有所感，但或許是茶園沉鬱的綠色，傍晚茶園田壟那沉鬱的陰影，令音子感慨萬千。而且茶園並不天然，很人工化且面積狹小，田壟的陰影深濃。一叢叢圓形的茶樹，也看似成群溫馴的綿羊，但是啟程離開東京前就滿心哀愁的音子，來到靜岡一帶時或許那哀愁已至頂點。

看到宇治湯屋谷的茶園時，哀愁重現音子的心頭。於是她頻繁去寫生。就連貼身女徒弟惠子想必也沒察覺音子的哀愁。而且走進新芽萌生的茶園一看，並非昔日從東海道車窗看到的沉鬱茶園，雖是日本風情，但鮮豔的綠色新芽照眼明亮。

惠子看過《十六、七歲的少女》，也把音子和大木那段情當成香豔的睡前故事聽，算是相當了解，但她八成沒想到這茶園的寫生還蘊藏音子那段舊愛的哀愁。跟著音子來茶園寫生的惠子，很開心叢叢茶樹重疊的圓弧線條構成的抽象風格，但是多畫幾張寫生後，也逐漸偏離了寫實。音子看著那樣的素描反而笑了。

「老師，畫面全是綠色呢。」惠子說。

「對呀。這本來就是採茶時節的茶園圖。畫的是綠色的變化與協調。」

「我正在左思右想，要用紅色還是紫色。就算乍看之下看不出是茶園也沒關係。」

惠子的那幅草稿也豎立在畫室。

「這新茶真好喝。惠子，再去幫我泡一壺。要抽象派風格的。」音子笑著說。

「抽象派風格……？那就泡得很苦，讓您喝不下去吧？」

「那就是抽象派嗎？」

惠子在房間裡青春洋溢地笑了。

「惠子，上次妳回東京時，去過北鎌倉吧？」音子聲音有點僵硬地說。

「對。」

「為什麼？」

「正月新年去京都車站送行時，大木老師說要看我的畫，叫我送去給他。」

「……」

「老師，我想替老師復仇。」說這話的惠子冷漠又平靜。

「復仇？」

音子被惠子意外的說詞嚇到，「妳說要復仇？為了我……？」

「是的。」

「惠子，妳先過來坐下。先喝杯妳用抽象派手法泡的苦澀新茶，我們再慢慢說。」

惠子沉默，緊挨著音子的膝頭屈膝跪坐。接著自己也拿起茶杯。

「哎呀，真的好苦。」她蹙眉。「我再去重泡吧。」

「不用了。」音子按住惠子的膝蓋。

「妳說要復仇，到底是什麼復仇？」

「老師應該很清楚吧。」

「我壓根沒想過要復仇。也毫無怨尤。」

「那是因為您現在還愛著他……。因為您一輩子都無法停止愛他……」惠子激動得說不下去，「所以，我想替老師復仇。」

「為什麼……？」

「一部分也是我的嫉妒。」

「啊？」

音子把手放到惠子的肩上。年輕的肩膀僵硬地顫抖。

「老師，是這樣吧？我懂。我討厭那樣。」

「妳這孩子性子也太烈了。」音子柔聲說，「妳說的復仇是怎樣？到底是怎麼回事？妳想怎麼做？」

惠子低著頭動也不動。院子的月光如水蔓延。

「妳為什麼要去北鎌倉找他？居然連我也瞞著……」

「我想看看讓老師那麼傷心的大木老師有什麼樣的家庭。」

「妳見到誰了嗎？」

「只見到他那個名叫太一郎的兒子。我覺得他應該和大木老師年輕時長得一模一樣。太一郎大學畢業後，據說仍在繼續研究鎌倉、室町時代的文學，他對我非常親切，還帶我去圓覺寺、建長寺等地參觀，也帶我去了江之島。」

「妳是在東京長大的，那種地方根本不稀奇吧？」

「對。不過，以前只是走馬看花而已。江之島也變了很多。他講的緣切寺[1]的故事也很有意思。」

「妳所謂的復仇，就是誘惑那個太一郎？或是被誘惑？」音子把手從惠子的肩頭放下，

「那樣的話，不得不嫉妒的，好像是我才對。」

「咦，老師會嫉妒？我好開心。」惠子說著伸手摟住音子的脖子依偎過來。

「老師，對於老師之外的人，我可以扮演壞女孩，也可以變成惡魔喔。」

「妳帶了兩幅畫去吧？而且，那都是妳自己喜歡的畫吧？」

「壞女孩一開始還是希望給人留下好印象。後來太一郎寄信來，說我的畫

作現在掛在太一郎的書房牆上喔。」
「是嗎？」音子沉靜地說，「那就是妳為我做的復仇？是復仇的開始？」
「是。」
「太一郎這孩子，當時其實還很小，對大木先生和我的事情一無所知。比起太一郎，我更傷心的是我和大木先生被迫分手不久，就聽說太一郎的妹妹組子出生了。如今想想，或許也不過這麼回事吧。那個妹妹想必也已經結婚了。」
「那麼，老師，我去破壞那個妹妹的婚姻生活吧？」
「妳說什麼傻話，惠子。儘管妳再怎麼漂亮有魅力，動不動就那樣輕佻地開玩笑，未免也太自戀了，也是妳的危險之處喔。這可不是遊戲或惡作劇。」
「反正我有老師陪伴。我什麼都不怕，也不會被迷惑。如果離開老師，不

1 緣切寺，江戶時代婚姻不幸的女子為求與丈夫絕緣，可躲入擁有離婚特許權的寺院。鎌倉東慶寺便是其中之一。

曉得我會畫出什麼樣的畫。可能連畫都會捨棄吧，連同生命一起……」

「別說這麼可怕的話。」

「老師以前做不到破壞大木老師的家庭吧？」

「對啊，因為當時我只是個舊時代的小小女學生……而且大木先生連孩子都有了……」

「如果是我，一定會破壞。」

「話雖如此，但家庭其實很堅固。」

「比藝術還堅固？」

「這我就不知道了……」音子歪頭思忖的臉上，浮現一抹輕愁。「那時候，我沒想過什麼藝術。」

「老師。」惠子轉身咄咄逼近音子，同時卻又輕柔把玩音子的手腕，「老師為什麼讓我去都飯店接大木老師，又讓我去京都車站送行呢？」

「因為妳年輕貌美啊。因為妳是我的驕傲。」

「老師的真心連我都要隱瞞，我可不答應喔。我把那段時間前後的老師看得很清楚。以我嫉妒的眼光……」

「噢？」音子看著惠子在月光下閃爍的雙眼，「我並沒有瞞著妳。不過，我被迫分手的時候，虛歲也才十七呢。現在已經變成小腹微凸的中年女人了。其實我不太想見他。因為只會讓他感到幻滅。」

「幻滅？您居然說幻滅？這句話應該是我說才對吧。我最尊敬老師，所以對大木老師感到幻滅。我有幸待在老師身邊，對年輕男人已經看不上眼，所以我本來以為大木老師會是更了不起的人。見面之後卻徹底幻滅了。透過老師的回憶，我還以為他是更出色的人物。」

「只見一兩次怎麼看得出來。」

「當然看得出來。」

「那妳是怎麼看出來的？」

「無論是大木老師或他的兒子太一郎，我都可以輕易誘惑……」

「天啊，妳講話真可怕。」音子心頭一緊，臉色發白。

「惠子，妳這種自信，對妳太可怕了。」

「才不會。」惠子不為所動。

「太可怕了。」音子再次強調。「那樣豈不是妖女？就算妳再怎麼年輕貌美……」

「如果這樣就是妖女，全天下的女人或許都是妖女。」

「是嗎？妳是抱著那種企圖，才把自己喜歡的畫作拿去大木先生家？」

「不，我要誘惑人根本不需要靠畫作。」

音子被惠子古怪的自信嚇到了。

「我可是老師的徒弟，所以只是送去我自己覺得比較滿意的畫作而已。」

「那真是謝謝妳。不過，從妳的敘述聽來，那只不過是去車站送行時，隨口客套一下而已，用不著特地送畫吧？」

「都已經答應人家了。況且也沒有別的藉口可以去看大木老師的家庭吧。再者，我也想知道大木老師看了我的畫，會有什麼表情，說出什麼話……」

「幸好他不在家。」

「我想他事後應該看過畫，但他大概看不懂。」

「不見得吧。」

「就連小說，他後來不也沒寫過比《十六、七歲的少女》更好的作品嗎？」

「那倒不是。那篇小說是以我為模特兒，把我理想化了，所以妳有所偏愛。青春小說本來就受年輕人歡迎。他後來的作品，想必有些是年輕的妳難以理解或排斥的吧。」

「可是，如果現在大木老師死了，留下的代表作，還是《十六、七歲的少女》吧？」

「不要亂講話。」音子的聲音尖銳，從惠子的指間抽回手，膝蓋也退開。

「老師對他還有眷戀嗎？」惠子也很尖刻，「枉費我還想替老師報仇……」

「不是眷戀。」

「那麼……是愛嗎？」

「或許吧。」

音子起身從月光照亮一半的簷廊進屋去了。留下惠子，雙手摀臉。

「老師，我也是把奉獻當成生存意義喔。」她語帶顫抖。「可是，對大木老師那樣的人……」

「原諒我。我那時畢竟才十六、七歲。」

「我要替老師復仇。」

「就算妳替我報了仇，我的愛也無法消失。」

簷廊傳來惠子的嗚咽。惠子蜷身躺倒在簷廊。

「老師，請畫我……在我變成您說的什麼妖女之前……拜託。就算讓我裸體也可以。」

「那就畫吧。我會灌注愛情。」

「太好了。」

音子收藏了好幾張早產嬰兒的畫稿。這是祕密，就連惠子都沒看過。她命名為〈嬰兒升天〉，本來打算正式畫成日本畫卻蹉跎經年。諸如西洋聖母子像的耶穌和天使，音子當然也翻畫冊查閱過，但那些通常都是圓滾滾的健碩姿態，和音子的哀愁並不吻合。至於日本的〈稚兒太子圖〉[2]，她也看過三、四幅古老的名畫，雖然在端麗之中自有日本情懷感動音子，但畫像中的太子不是嬰兒，亦非死後升天的畫面。音子的〈嬰兒升天〉也不打算採取靈魂升天的構圖，只想蘊釀出升天的神佛靈妙之感。不過，那幅畫究竟幾時才能畫出來呢？

音子被惠子要求替她作畫，這才想起已經久未取出的〈嬰兒升天〉畫稿，不如試著仿照〈稚兒太子圖〉那樣去描繪惠子？那將會是非常古典的「聖處女像」。稚兒太子的傳統圖像，應該算是佛畫，但是其中也有一些畫柔媚得難以形容。

「惠子，就讓我畫妳吧。我剛剛想到該怎麼構圖了。我會像畫佛畫那樣描繪妳，所以不能擺出那麼沒規矩的姿勢喔。」音子說。

「佛畫？」惠子吃驚地坐正。「不要啦，老師。」

「妳先讓我畫畫看再說。佛畫也有很多是豔麗的，況且如果以佛畫風格描

---

2 〈稚兒太子圖〉，描繪弘法大師空海兒時合掌端坐蓮花座的童子像。傳說弘法大師就是聖德太子的化身。

繪，再冠上『某閨秀抽象畫家』這種畫名，不是很有意思嗎？」

「別逗我了。」

「我是說真的。等我畫完茶園就畫這個吧。」音子轉頭回顧室內。音子和惠子的茶園草稿並排靠在牆邊。在那上方，掛著音子母親的畫像。是音子畫的。

音子的目光停駐在母親的肖像畫上。

畫中的母親很年輕。比起現在四十歲的音子，想必看起來還要年輕。或許是因為畫這幅畫時的音子正值三十二、三歲，於是就當成了肖像的年紀。而那或許也不自覺讓母親的畫像變得年輕貌美。

坂見惠子第一次來見音子時，望著這幅畫說，

「這是老師的自畫像吧。好美。」

音子沒告訴她這是母親的肖像。她心想在外人眼中果然像是自畫像嗎。

音子長得很像母親。相似之處多半都被這幅畫像捕捉到了。大概是出於對過世母親的思念吧。音子不知畫過多少張母親的肖像。起初是把母親的照片放

在一旁，根據照片作畫。但是沒有任何一幅能夠當成心靈寄託。後來她決定不再看著照片作畫。於是母親的幻影化為模特兒坐在音子的面前。姿態比幻影更栩栩如生。之後她又接連畫了好幾幅。心情澎湃激昂，下筆越發神速，最後往往淚眼模糊不得不停手。而且在不停作畫的過程中，音子自己也察覺，母親的肖像逐漸像是音子的自畫像。

如今，掛在茶園草稿上方的畫作，就是最後一幅成果。在那之前的母親肖像畫，音子通通燒掉了。只有這幅看似音子自畫像的畫，作為母親的肖像畫留下，音子認為這樣就好。看著這幅畫的音子，眼中有著旁人或許無法理解的哀愁。畫作與音子之間自有默契。音子不知費了多少時間，才終於完成這幅肖像畫。

除了這幅肖像畫，音子以前沒畫過人物畫。就算畫了也只不過是風景中點綴的人物。可是今晚，之所以湧現畫人物的念頭，是被惠子逼的。長年來一直想畫的是「嬰兒升天」，音子並未想過要畫成人物畫。然而，為了畫惠子，浮現稚兒太子的圖像，想畫成古典的「聖處女像」，或許是因為音子的心底果然還是有「嬰兒升天」。既然畫了母親的肖像，又想畫夭折的孩子，那她或許也該畫貼身弟子坂見惠子。這不正是音子的三種愛嗎？儘管是截然不同的愛，但三者都是愛。

「老師。」惠子喊道。「看了您母親的自畫像，不管怎麼畫我的肖像，反正您也不可能對我有對母親那樣的深情，所以是不是覺得畫不出我？」她說著促膝上前。

「妳這孩子真彆扭。現在再看我媽這幅畫我其實不滿意。或許是因為和畫這幅畫時相比，我也略有長進了吧。不過，雖然拙劣好歹也是費了很長時間用心畫出來的，感覺特別親切。」

「我的畫用不著您苦心構思。自由揮灑就行了……」

「那可不行。」音子心不在焉地回答。看到母親的肖像畫後，關於母親的回憶就源源不斷湧現。這時惠子出聲喊她。音子回過神，腦海又浮現古代的〈稚兒太子圖〉。所謂的「太子」，在很多畫中都看似美麗的女童或美少女。是「稚兒」[3]。即使具備佛畫應有的高雅格調，也華美豔麗。或可視為對於禁止女人進入的中世紀僧院的同性戀、雌雄莫辨美少年的憧憬象徵。音子想畫惠子的肖像，腦海卻首先浮現〈稚兒太子圖〉的構圖，可能也是因為內心潛藏那種憧憬。稚兒太子的髮型或可稱為現代女童的妹妹頭。不過，和服及寬褲的典雅織錦如今已無處尋求。或許只能拿能劇的舞臺裝來修改。就算仿照〈稚兒太子〉的構圖，作為新時代年輕女孩惠子的衣裳恐怕也太古典了。音子想起岸田劉生[4]的〈麗子像〉。受到杜勒[5]的影響，劉生的油畫和水彩是古典風格的端正工筆畫，也有類似宗教畫的作品。不過，音子看過一幅罕見的作品，是畫在對開宣紙上的素描淡彩。畫中的麗子是裸體。端正跪坐的身子只有腰部纏裹紅色

3 稚兒，有幼兒之意。也指在寺院打雜的少年，在禁止女人出入的僧院內被當成男色的對象。

4 岸田劉生（1891-1929），大正時代畫家，其愛女肖像，蘊藏著日本近代美術史上關於東西美學的深度思索。

5 杜勒（Albrecht Durer, 1471-1528），德國文藝復興時期的畫家、藝術論學者。作品包括大量的肖像畫及銅版畫。

褻褲。或許不算是名作，但音子不解劉生為何以日本畫這樣描繪自己的女兒。也有同樣構圖的西畫。

惠子說過「裸體也可以」，索性如惠子所言讓她也裸體入畫？乳房豐碩如女子的佛像也不是沒有。不過，如果以裸體模仿〈稚兒太子像〉的構圖，髮型又該怎麼處理？小林古徑[6]有〈髮〉這幅名作，相當清純優美，但惠子畫像的髮型必須截然不同。左思右想之下，音子後知後覺地感到，自己的心力終究不及。

「惠子，該睡了吧。」音子說。

「這麼早就睡？今晚的月色這麼美。」惠子轉頭看房間的時鐘，「老師，還有五分鐘才十點呢。」

「我有點累。躺下再聊不行嗎？」

「好。」

音子對鏡擦臉時，惠子將二人的床鋪好了。惠子在這方面動作很快。惠子對著音子起身離開後的鏡子卸妝。彎下細長的脖子，凝視鏡中的臉。

「老師，我這張臉不適合畫成佛畫吧。」

「畫的時候發揮宗教精神就行了。」

惠子把頭上的小髮夾全都拔下來，甩甩頭。

「妳把頭髮解開了。」

「是。」惠子梳理垂落的頭髮。音子從被窩望著她說，

「今晚解開頭髮？」

「因為我覺得有點味道。應該洗頭的。」她說著拽起後面的頭髮聞一聞。

「老師，您的父親過世時，您幾歲？」

「十二呀。都問過好幾次了，妳應該知道吧。」

「……」

惠子關閉拉門，關上和畫室之間的隔扇門，鑽進音子身旁的被窩。兩床被

6 小林古徑（1883-1957），出生於新潟，以富有浪漫情調的歷史風俗畫引人注目，為日本藝術院會員，一九五〇年被授予文化勳章。

窩之間毫無縫隙。

最近這四、五天，睡覺時都沒關遮雨板。面對庭院的紙拉門在月光下微微發亮。

——音子的母親死於肺癌，但母親至死都沒交代清楚，「音子其實還有個同父異母的妹妹。」音子至今仍不知情。

音子的父親生前是做生絲和絲綢的貿易商。在他的告別式會場，許多出席者在靈前上香行禮，那倒是慣見的景象，但音子的母親察覺，只有一個貌似混血兒的年輕女子與眾不同。上完香向家屬席致意時，她的眼睛看似哭腫了又拿冰塊或冷水冰敷過。音子的母親心頭一緊。她使眼色叫來站在家屬席角落的丈夫的祕書。

「剛才那個像混血兒的女人，你立刻去門口簽到處查一下她的姓名和住址。」她對祕書如此耳語。根據那個住址，事後派祕書調查得知，此女的祖母是加拿大人，和日本人結婚，國籍也是日本，她從美國學校畢業後，目前據說擔任口譯員。聽說和中年女傭住在麻布的小房子。

「沒有小孩吧。」

「好像有一個小女孩。」

「你看到那孩子了？」

「沒有，是聽附近鄰居說的。」

音子的母親認為，那孩子一定是丈夫的孩子。雖然有很多辦法可以確認，但她靜待女人主動來表態。然而對方沒來。過了半年多，音子的母親聽祕書說，那個女人帶著孩子結婚了。從祕書的言下之意，她也猜到那個混血女人是丈夫的情婦。丈夫死後，隨著時間過去，嫉妒和憤怒都逐漸沖淡。她逐漸覺得把女人的孩子接回來收養也行。既然帶著孩子結婚，想必年幼的孩子會把女人的丈夫當成親生父親就此長大。丈夫的孩子將會一輩子把毫無血緣關係的男人當成父親。音子的母親甚至覺得失去了寶貴的東西。不只是因為音子是獨生女。不過，她當然沒有在十二歲的音子面前吐露父親外面有女人還有私生子。母親死時音子已經是可以溝通的年紀。母親在瀕死的痛苦中遲疑苦惱，但終究還是沒有說。因此音子至今做夢也不知道還有那樣一個異母妹妹的存在。異母妹妹那邊又如何呢？同樣也已到了可以知道真相的年紀了吧，如果一切按部就班，說不定已經結婚好幾年，連孩子都有了。不過，對音子來說，這個異母妹妹想必等同不存在吧……

「老師，老師。」音子被惠子搖醒。「您做了什麼惡夢嗎？好像很痛苦……」

「噢。」音子粗聲喘息，惠子替她拍撫心口。惠子一手支肘，撐起上半身。

「妳看著我呻吟掙扎？」音子說。

「對，看了一會……」

「哎喲，妳這人真是的。是做夢啦。」

「做了什麼樣的夢？」

「我夢見綠人。」音子的聲音仍無法平靜。

「是穿青衣的人嗎？」惠子問。

「不，不是穿的衣服，好像身體就是綠色的，手腳也是。」

「青不動[7]？」

「別調侃我了。不是不動明王那樣猙獰的模樣。是綠色的人輕飄飄浮起，繞著被窩打轉。」

「是女的？」

「……」

「這是好夢。老師，是某種好夢喔。」惠子伸掌蓋住音子睜大的雙眼讓她閉眼後，另一隻手拉起音子的手指，放進嘴裡咬住。

「好痛。」音子徹底清醒了。

「老師，您不是說過要畫我嗎？大概是把畫中的我和湯屋谷茶園的綠色混為一體了吧？」面對如此解夢的惠子，音子說，

「是這樣嗎？妳就算睡著了，也繞著我飛來飛去？真可怕。」

惠子把臉埋在音子胸口，有點瘋狂地吃吃憋笑，一邊說，「明明是老師想

7 青不動，京都青蓮院收藏的國寶，因以青黑色描繪不動明王的身體而有「青不動」此名。

畫畫了……」

翌日，二人登上鞍馬山趕在傍晚抵達。寺院境內已聚集大批信徒。五月雖然晝長，暮色也已從周遭的山峰和高聳的樹林降臨。京都市區彼方的東山，升起一輪滿月。堂前左右燃起篝火。僧侶們來了，開始誦經。首座僧人身穿紅衣。眾人唱和「請賜吾等榮光之力、嶄新之力……」。還有風琴伴奏。

信徒們人人手捧燭火前進。正殿前方放著巨大銀杯，裝滿了水。滿月就映現其中。杯中水一一倒在上前的信徒手心，信徒恭敬地喝下。音子和惠子也同樣照做。

「老師，等我們回家後，房間一定留下了不動明王的青色足跡。」惠子說。山間隱隱有此氛圍。

梅雨天色

大木年雄寫小說一旦卡住或者拿不定主意時，就會在走廊的躺椅躺下。如果是下午，往往就此睡個一小時或一個半小時。這種睡午覺的習慣是這一兩年才養成的。以前像這種時候他會出門散步。但是在北鎌倉居住多年，圓覺寺、淨智寺、建長寺等寺院及附近山丘，他早已全部看遍。況且早起的大木，早晨也會小小散個步。他天生就無法在醒來後繼續賴床。這個清晨的散步，也可以讓女傭早上收拾和打理家務比較沒有壓力。之後到了晚餐前，還有一次比較長的散步。

書房的走廊廣闊，角落放著寫作的桌子。他有時坐在書房的榻榻米寫作，有時坐在走廊的椅子寫作。走廊的躺椅也備置得很舒服。一躺在這張躺椅上，陷入瓶頸的工作就會立刻從腦中消失。說來真的很不可思議。工作期間夜裡也睡得淺，往往做起和工作有關的夢，可是在走廊的躺椅卻能迅速入睡，安穩得使一切煩惱都消失。年輕時的他沒有睡午覺的習慣。客人往往在中午過後絡繹上門，根本沒空睡什麼午覺。寫作也是在晚間。通常從半夜寫到天亮。現在把夜間的工作切換到白天，也習慣了睡午覺，但是午睡時間並不固定。寫得不順手時就是睡躺椅的時候。有時在中午之前，也有時接近傍晚。白天工作很少像夜間工作那樣，越疲憊反而精神越亢奮。

「陷入瓶頸就睡午覺，這或許是自己也年老體衰的證明吧。」大木思忖，「不過這真是有魔法的躺椅啊。」

這張走廊的躺椅，一躺下去隨時睡得著。而且醒來時還有充電後的神清氣爽。原本陷入死胡同的寫作也往往找到新的出路。這是魔法躺椅。

如今已進入梅雨季。這也是大木最討厭的季節。北鎌倉與鎌倉海邊有丘陵相隔，離得很遠，但是來自海上的濕氣還是很嚴重。天幕低垂。大木感到右額上面的部位鈍重麻木，大腦的皺褶好像都快發霉了。有時上午和下午都會在魔法躺椅各躺一次。

「京都的坂見小姐來訪。」女傭前來稟報。

大木正好剛睡醒，但是還躺在躺椅上。他沒回答女傭，於是女傭說，

「要去跟她說您在休息不見客嗎？」

「不。是年輕的小姐吧。」

「是的。之前也來過一次……」

「請她去會客室。」

接著大木腦袋一沉又閉上眼。午睡後，梅雨季節的倦怠感也減輕了，但是聽到坂見惠子來訪，彷彿猛然被冷水沖洗。大木起身，真的用冷水洗臉，冷水擦身。然後他去了會客室。惠子一看到大木就從椅子站起來，同時倏然臉紅。

大木很意外。

「歡迎。」

「抱歉冒昧打擾……」

「不，今年春天妳來時，我正好去附近山丘散步了。當時妳要是多等一下就好了。」

「那次是太一郎先生送我的。」

「我聽說了。他帶妳去鎌倉哪裡參觀了嗎？」

「是的。」

「妳是在東京長大的，鎌倉想必一點也不稀奇。況且和京都、奈良相比，鎌倉也沒有特別值得一看之處吧。」

「……」

惠子凝視大木的臉。「夕陽沉落海上的景色很美。」

大木很驚訝兒子居然帶著惠子大老遠跑去海邊，「自從元旦早上，妳送我到京都車站之後就沒見面了。算來已有半年了吧。」

「是的。老師，半年算長嗎？老師認為很長嗎？」

大木摸不透惠子這個古怪問題的真意，

「說長的確很長，說短也的確很短吧。」

惠子彷彿覺得他說的是廢話，一絲笑容也沒有。

「假設有戀人，如果半年沒見面，會覺得很久吧。」

「……」惠子繼續露出索然無趣的神情。只有臉上那青幽幽的眼睛，似乎在向大木挑釁。大木有點煩躁。

「如果是懷了孩子，過個半年，都會在肚子裡動了。」就算他這麼說，惠子也毫不羞澀。「季節也從冬天步入夏天了。現在正是我最討厭的梅雨季節……」

「……」

「關於時間，自古以來就有各種人以哲學的角度思考，但是似乎沒有最好的答案。世俗強烈認為時間會解決一切，但我對此抱持疑問。還有，死了就萬事皆空的說法，不知妳認為如何？」

「我還沒有那麼厭世。」

「這和厭世觀不同。」大木輕輕制止她，「不過，我的半年和妳這種年輕女孩的半年，就算時間相同，想必也差異極大。比方說，得了癌症這種病，只剩半年生命的人，這半年想必又不同。況且也有人因為意外發生車禍，瞬間失去性命。還有戰爭……就算不是戰爭，也可能被人殺死。」

「老師不是藝術家嗎？」

「不過是徒留羞恥……」

「令人羞恥的作品不會流傳後世。」

「很難說吧。我也盼望是這樣，但未必如此。假使如妳所言，那我的作品應該通通消失。我覺得那樣更好。」

「您怎能這麼說……老師，您寫我家老師的《十六、七歲的少女》，不也知道會流傳後世嗎？」

「又是《十六、七歲的少女》嗎。」大木的臉色一沉。「就連身為音子徒弟的妳都這麼說啊。」

「因為我一直在音子老師身邊。對不起。」

「不，不用道歉……那是無可奈何……」

「大木老師。」惠子的神情忽然變得活潑，「經歷和我家老師的那段之後，您也談過別的戀愛吧？」

「這個嘛，是啊，的確有過。只是或許不像音子當時那樣是悲劇……」

「那您為什麼沒寫出來?」

「這、這個……」大木有點遲疑,「是對方警告我,不能把她的事情寫出來,所以我就沒寫了。」

「噢?」

「身為作家或許太懈怠了。一方面也是因為可能已經沒有寫音子時那種年輕的熱情了吧。」

「如果對象是我,老師怎麼寫都沒關係喔。」

「啊?」大木大吃一驚。到目前為止,惠子只是在除夕替音子跑腿到都飯店接他,又在元旦去京都車站送行,然後就是今天,來到北鎌倉的家中拜訪,總共只見過三次面。況且也不是什麼正式會面。他怎麼可能把惠子寫進小說。頂多也只是在小說中虛構的女人身上,借用惠子美麗的外型吧。惠子和兒子太一郎據說一起去了鎌倉海岸,難不成當時發生過什麼事?

「那我可有個好模特兒了。」大木本想一笑帶過,可是一看惠子,那抹笑意頓時被惠子妖異眼神的嫵媚吸去。她的眼睛水汪汪的彷彿含著淚。大木說不下去了。

「上野老師說要畫我。」惠子說。

「是嗎。」

「今天我又帶了一幅畫來，想給您看看。」

「噢，我不太懂抽象畫，不過這個房間小，還是到客廳再看妳的作品吧？上次妳帶來的畫，兩幅都被我兒子掛在書房喔。」

「今天他不在家嗎？」

「對，今天是他從研究室去私立大學上課的日子。我太太也出門去看人偶戲了。」

「幸好只有您一個人在家。」惠子的咕噥幾乎讓人聽不見，說完就去玄關了。她把放在那裡的畫拿來客廳。畫用簡單的白木裱框。整幅畫以綠色為基調，但處處都大膽運用了各種顏色，整個畫面彷彿波濤洶湧。

「老師，就我個人而言這算是寫實風格的畫，畫的是宇治的茶園。」

「噢？茶園……？」大木凝望，「是彷彿有波濤起伏的茶園呢。是青春洋溢的茶園。我第一眼看到，還以為這是此刻正要熊熊燃燒的心靈抽象畫。」

「我好開心，老師。能得您如此鑑賞……」惠子促膝貼近大木身後，下巴幾乎疊放在大木的肩頭。甜美的氣息熱呼呼地噴到大木的頭髮上。

「大木老師，您能從這幅畫、從這幅畫感到我心中的波濤起伏，我真的好開心。」惠子再次強調。「作為一幅茶園圖，或許畫得很拙劣……」

「真是青春洋溢啊。」

「雖然是去茶園寫生沒錯，但於我而言，那些風景只有在剛開始的三十分鐘或一小時，看似茶樹及成片茶樹田壟。」

「噢？」

「茶園很安靜。但是，那種新綠的渾圓起伏層層重疊，有律動地一波波湧來，結果就變成這樣了。這可不是抽象畫喔。」

「茶園發新芽的時節，其實很內斂。」

「老師，我還不懂什麼是內斂喔。無論是繪畫，或是感情……」

「連感情也是？」大木一轉身，肩膀頓時撞上惠子隆起的胸部。惠子的一隻耳朵就在眼前。

「講這種話，說不定會把那漂亮的小耳朵切下喔。」

「反正我絕不可能成為梵谷那樣的天才。除非某人把我的耳朵咬掉……」

「……？」大木驚愕，更加把肩膀轉過來，膝蓋緊貼在大木身後幾乎碰觸他的惠子當下身形一晃，連忙抓住大木。

「那種內斂的感情，其實我最討厭了。」惠子保持那個姿勢說。大木如果手臂再用點力氣，惠子恐怕只能倒在男人的膝上了。她挺起胸膛向後仰，看起來就像在等待接吻。

然而，大木的手臂沒有動。惠子也保持那個姿勢。

「老師。」惠子囁語，凝視大木。

「耳朵的形狀雖然可愛又漂亮，美麗的側臉卻似乎有妖氣呢。」大木說。

「能得老師這麼說，我好開心。」惠子細長的脖子微微發紅。

「您這句話我一輩子都不會忘。不過，老師如此讚賞的美，又能持續到幾時呢？這麼一想，身為女人，還真可悲。」

「……」

「被看雖然難為情，但是能得到您這樣的人物注視，是女人的幸福。」

大木被惠子熱情的言詞嚇到。不過，如果是床笫之間的愛語，想必他就絲毫不會驚訝了。

大木聲調略帶僵硬地說，

「我也很幸福。妳身上，想必還有很多美麗之處。」

「會嗎。我不過是微不足道的三流畫家，不是模特兒，所以不明白……」

「畫家可以公然使用人體模特兒，作家卻不行。就這點而言，我有點不服氣。」

「如果我能派上用場，您隨時吩咐……」

「那我當然感激不盡。」

「老師，我剛才不是說過了，如果是我，您怎麼寫都沒關係。不過，您的幻想和空想，如果比實際的我更美，我會有點難過，但是無所謂。」

「抽象式，還是寫實式？」

「那全憑您的意思決定……」

「不過，美術的模特兒和文學的模特兒，從根本上就不同。」

「這點我非常清楚。」惠子眨動濃密的睫毛，「可是，就像我的茶園圖，雖然幼稚，但並非茶園圖喔。不是大自然的寫生，好像變成是在描繪自己……」

「這點不管任何繪畫，想必都是如此吧。無論是抽象或具象。不過，就連美術，如果不是人體，大概也不會稱為模特兒吧。小說的模特兒也只限人類。風景或花卉就算寫得再多，也不叫做模特兒。」

「老師，我是人啊。」

「是美人。」大木扶著惠子的肩讓她站起來。

「美術的模特兒，就算是裸體作品，也只要擺擺姿勢就行了，但小說的模特兒不可能只是那樣……」

「我明白。」

「講這種話不後悔嗎？」

「是。」

年輕的惠子這種大膽，毋寧鎮住了大木，

「妳的外型，或許可以借用來放在小說中的女孩身上……」

「那樣太沒意思了。」惠子嬌媚地緊迫盯人。

「女人真不可思議。」大木反倒態度閃躲，

「每次總會有兩三人，堅信那是在寫自己、自己就是那篇小說的模特兒。而且是作者見都沒見過、完全扯不上關係的女人……真不知這是什麼妄想症。」

「因為身世可悲的女人太多了，才會陷入那種妄想，我想，那是自我安慰吧。」

「腦子該不會有病？」

「女人本來就很容易腦子出問題。您不會讓女人的腦子出問題？」

一時之間，大木不知如何回答。

「您只是冷漠地等待女人變得越來越奇怪？」

「嗯？」大木再次語塞，只好轉移話題。「不過，小說的模特兒和美術的模特兒不同，算是一種無償的犧牲。」

「我最喜歡被當成犧牲品了。為某人犧牲，或許就是我的生存意義。」

惠子繼續說出這種令大木意外的話。

「如果是惠子小姐，想必是非常任性的犧牲吧。反而可能會尋求對方的犧牲……」

「不，老師，那樣說不對。犧牲的根源是愛。是崇拜。」

「讓妳現在那樣奉獻犧牲的對象，是音子嗎？」

「……」

「沒錯吧？」

「或許是，但音子老師是女人。女人為女人奉獻犧牲的生活，不可能純真無憂。」

「嗯——我不懂。」

「恐怕二人都有毀滅之虞……」

「二人都毀滅……？」

「是的。」

「……」

「就算是稍有遲疑，我也不願意。哪怕只有五天、十天也好，希望能夠讓我徹底忘了自我。」

「即使結了婚，要做到那點也很難。」

「過去如果要結婚，有太多機會了，可是結了婚就無法繼續忘我的犧牲。老師，我討厭回顧自身。剛才我也說過了，我是真的很討厭內斂平淡的感情。」

「妳別說這種好像只要見到喜歡的人就只能在四、五天內自殺的話。」

「是，自殺我倒是一點也不怕。比起自殺更討厭的，是失望和厭世。就算讓老師掐死我，我也是幸福的。啊，不過在那之前，還要先讓我做老師的模特兒……」

大木年雄不得不懷疑惠子今天是來勾引自己。光憑今天無法斷定惠子是妖女，但是若就小說的模特兒而言，她似乎是個相當有趣的女孩。不過，如果愛上惠子又分手，說不定會像《十六、七歲的少女》中的音子那樣，又落到住進精神病院的下場。

今年早春，坂見惠子帶著自己的兩幅畫作〈梅花〉和〈無題〉來訪時，年雄不巧出去散步，正在北鎌倉的山丘眺望晚霞，惠子只見到兒子太一郎。太一郎送她出門後，根據今天惠子的說法，兩人似乎去的不是北鎌倉的車站，而是大老遠去了鎌倉海邊。太一郎顯然被惠子妖豔的魅力迷住了。

「不過，兒子不行。會被惠子毀掉。」大木暗想。「這並非年紀差異的嫉妒。」

惠子對大木說，「這幅茶園圖，如果能掛在老師的書房，那我不知有多感激。」

「噢，那就這麼辦吧。」大木意興闌珊地回答。

「我希望您在夜色昏暗時，稍微瞄上一眼。那樣的話，茶園的色彩沉澱，我自行添加的色彩應該就會浮現出來。」

「嗯？聽起來好像會做奇妙的夢呢。」
「什麼樣的夢？」
「或許是青春夢吧。」
「太好了。您居然對我說這麼讓人開心的話？」
「妳不正值青春年華嗎。茶園層層起伏的圓形線條，是為了配合音子，不像茶樹新綠的色彩才是妳自己吧。」大木年雄說。
「老師，哪怕只掛一天也好……之後，就算積滿灰塵被塞在您的壁櫥角落也沒關係。畢竟這幅畫很拙劣。改天我會拿小刀來割破。」
「什麼？」
「我是說真的。」惠子的神情奇妙地溫婉。「這幅畫真的很拙劣。只要一天就好，能否掛在您的書房……」
「嗯——」
大木一時之間無從回答。惠子失落地默默垂首，
「這麼可笑的畫，老師真的肯為它做一次夢……？」

「很抱歉，在畫作的誘惑下，或許我夢見的不是畫，是妳。」大木說。

「請便，您要怎麼做夢都行……」惠子美麗的耳朵也不禁微微羞紅，「不過，老師，您並沒有做任何足以夢見我的事吧。」惠子抬起眼，凝視大木，眼中逐漸泛起水光。

「不，上次妳送來兩幅畫時，我兒子明明可以送妳到附近的北鎌倉車站，卻大老遠送妳去鎌倉海岸不是嗎？今天就由我送妳。可以吧？我家人都不在，所以也無法留妳在家吃晚餐，我已經叫了車。」

車子行經鎌倉市區，奔馳七里濱。惠子不發一語。

梅雨季的相模灣海天一色盡是灰暗。

到了江之島的 Marine Land 水族館，讓車子在此等候。

他們買了餵海豚的魷魚和竹莢魚。海豚從水中跳起，叼走惠子手中的食物。惠子變得大膽，把魚餌拿得越來越高。海豚也跟著越跳越高撲向魚餌。惠子就像普通女孩一樣開心。也沒發現開始下雨了。

「趁著雨下大之前趕緊走吧。」大木催促惠子，「妳的裙子有點濕了。」

「啊，好好玩。」

上車後大木說，

「這附近，伊東溫泉再過去一點，不時會有成群的海豚出現喔。據說把海豚趕到海岸附近，一群裸男抱住牠們就能逮到了。海豚只要腋下被撓癢就沒輒了。」

「哇。」

「碰上小姐不知又如何。」

「老師好壞。女孩子肯定會拼命掙扎或用指甲抓吧。」

「海豚反而比較文靜嗎？」

車子抵達山上的旅館。眼前的江之島也是灰色的，三浦半島在左方朦朧不清。梅雨季的雨滴變得比較大顆，並且籠罩梅雨季特有的濃霧。附近的松林也模糊難辨。

進房間後，渾身已經濕透了。

「惠子小姐，這下子回不去了。」大木說。「霧這麼大，開車也危險。」

惠子點頭。她毫無困色地爽快點頭，甚至令大木驚愕。

「渾身都濕了，晚餐前必須先擦乾身體……」大木說著搓搓臉，「要讓我試試看妳是否也像海豚一樣嗎？」

「老師，您講話真過分。把人家和海豚相提並論……我一定得接受那種羞辱？玩什麼捉海豚的遊戲……」惠子說著單肩倚靠窗口，

「好暗的海。」

「這真是抱歉，對不起。」

「至少您該說是為了把我仔細看清楚……或者如果您默默過來擁抱我……」

「妳不會抗拒？」

「不知道……海豚遊戲太過分了。我可不是隨便的女孩。難道老師也那麼墮落了？」

「墮落？」大木撂下這句話就走進浴室。

大木一邊淋浴，也迅速沖洗西式浴缸，接著放熱水。用毛巾擦身，頂著一

頭亂髮就出來了。

「妳去洗吧。」他沒看惠子，如此說道。「我放了新的洗澡水。應該已經有半缸了。」

惠子繃著臉在看海。

「變成濃密的霧雨了。附近的島嶼和半島也朦朧不清……」

「不開心？」

「海浪的顏色也很討厭。」

「身體濕濕的，一定很不舒服吧。我已經放好熱水了，妳快去洗一洗。」

惠子點頭，進了浴室。也沒聽見水聲，十分安靜。不過，洗完臉出來後，她坐在三面鏡前，打開手提包。

大木過去站到她的身後，「雖然沖洗過頭髮，可是什麼也沒準備，頭髮很毛躁……髮油倒是有，但我討厭那個味道。」

「老師，這種香水呢？」惠子說著給他一個小瓶子。大木聞了一下，

「抹了那個髮油後，再噴這香水？」

「一點點就好。」惠子朝他一笑。

大木抓住惠子的手，「惠子，妳根本不用化妝……」

「好痛，會痛啦。」惠子轉身，「壞老師。」

「妳還是不施脂粉最好看。漂亮的牙齒和眉毛都好看。」大木說著親吻惠子紅潤的臉頰。

「啊！」

化妝鏡的椅子倒了。惠子也倒下。大木的唇覆在惠子的唇上。

那是漫長的接吻。

大木逐漸喘不過氣，稍微退開臉。

「不，老師，再久一點……」惠子把他拉回來。

大木內心暗自驚訝，一邊說道，

「就算是專門潛水的海女，也無法憋氣那麼久。會昏迷喔。」

「那就讓我昏迷……」

「女人倒是可以憋氣比較久。」大木戲謔地敷衍帶過，同時再次親吻她。

這次很久。又開始喘不過氣，大木抱起惠子，讓她躺在床上。惠子的胸和腿蜷縮成小小一團。

大木要讓她鬆開身體，惠子並未反抗，卻令他費了好一番功夫。期間，他明確發現惠子並非處女。於是他的動作變得略顯粗暴，

「老師，老師。」惠子在他身下哀傷地呼喚。

「上野老師，上野老師。」

「什麼？」

大木本以為是在喊自己，但是得知惠子其實是在喊音子後，頓時渾身脫力。

「妳說什麼？妳在喊上野老師？」大木冷聲說。惠子沒回答，只是推開大木。

石頭造景——枯山水

京都寺院的石景庭院，如今還保留了一些廣為人知。西芳寺的石庭、銀閣寺的石庭、龍安寺的石庭、大德寺大仙院的石庭、妙心寺退藏院的石庭等等，似乎都是主要代表。其中，尤其是龍安寺的石庭不僅聲名遠播，在禪學或美學上也幾乎已被神格化。當然這並非毫無理由。那的確是舉世無雙的名作，也很完整。

上野音子每一處都已看得爛熟記在腦中。但今年基於畫家的心思，從梅雨過後，就一再造訪西芳寺後方的石庭。這個石庭不是音子憑女流之力能夠描繪的。她只是想感受石庭的力量。

就石庭而言此處應該是最古老，也有強大的力量，不管能不能入畫，音子都無所謂。和下面柔和的苔寺庭院相比，後山的石庭是多麼不同啊。如果沒有從下面上來參觀的遊客，音子真想對著石景靜坐。之所以攤開寫生簿，或許只是為了不讓一會站在那邊、一會又站在這邊盯著石庭凝望的自己，遭到路過的遊客投以異樣眼光。

西芳寺是夢窗國師於曆應二年（一三三九年）復興，修整堂塔，挖掘池塘，打造小島。據說當時會引領人們到山頂的縮遠亭遠眺京都街景。那些建築後來都毀了。庭園也因洪水之類的原因荒蕪，不知已重建過多少次。如今的枯山水據說是沿著去山上縮遠亭的石階打造的。似乎是在表現瀑布和水流。因為是石頭組成的，想必原封不動保留了古老風貌。

到了後世，千利休的次子少庵據說也曾躲在此處隱居，這種歷史和考證，音子絲毫不想去研究，只是看著沿路的石景。年輕的惠子就像個小跟班跟在後面。

「老師，石景都很抽象吧。」惠子說，

「若用繪畫來形容，或許有點像塞尚畫的埃斯塔克海岸的岩山，有某種強大的東西。」

「惠子，妳懂的真不少。不過，妳說的那個是天然的岩山吧……？就算沒有大到足以稱為山，也是海岸的累累岩石……」

「老師，如果畫這種石頭造景，會變成抽象畫吧。我沒有能力寫實地描繪這種成堆的石頭。」

「是啊。我也不是說要畫……」

「那就讓我運筆粗略地畫畫看？」

「妳來畫或許比較好。上次妳那幅茶園圖就很有意思，青春洋溢。那幅畫，妳也送去給大木先生了吧？」

「對。這時候，說不定已經被他太太撕破或扔掉了……因為我和大木老師在江之島的飯店過夜。他還說要玩什麼捉海豚的遊戲，我覺得他也墮落了，但我一喊上野老師的名字，他就萎縮了……大木老師至今對我家老師不僅有愛，也有悔恨喔。甚至令我有點嫉妒……」

「和大木先生……？妳到底打算怎樣？」

「我想破壞他的家庭。這是替我家老師復仇。」

「復仇……？」

「我就是不高興。因為老師到現在還愛著大木老師。受到那麼過分的對待，您居然還愛他。女人真傻……我就是討厭這點。」

「……」

「這是我的嫉妒。」

「嫉妒……？」

「就是嫉妒。」

「為了嫉妒，不惜和大木先生跑去江之島的飯店投宿？如果我還愛著大木先生，該嫉妒的人不是我嗎？」

「老師，您真的會嫉妒我？」

「……」

「若真是這樣就太好了。」惠子對著石景寫生的畫筆加快速度，「那天我在飯店都睡不著。可是大木老師卻舒坦地呼呼大睡。五十幾歲的男人真討厭……」

音子心頭一陣騷動，很想知道飯店的房間是雙人床還是兩張單人床，但她問不出口。

「想到要掐住呼呼大睡的大木老師脖子也輕而易舉，我就覺得很好玩很好玩……」

「天啊，那多危險。妳這人真可怕。」

「我只是這麼想想而已。光是想想就開心，都睡不著了。」

「這樣妳還說是為了我？」音子對著石景寫生的手有點哆嗦，「聽起來一點也不像是為了我。」

「當然是為了老師。」

音子事到如今才開始害怕惠子詭異的個性，「惠子，妳以後別再去大木先生家了。誰知道還會發生什麼事。」

「老師不也是，當初住院時，難道就沒想過要殺了大木老師？」

「沒有。當時我或許的確神經失常，但怎麼可能殺人……」

「因為您不恨大木老師，卻愛他入骨？」

「我的情況，是因為還有孩子……」

「孩子……？」惠子語塞，「老師，我說不定也能生下人木老師的孩子？」

「什麼？」

「而且，說不定還能藉此葬送大木老師？」

音子大受衝擊地凝視女徒弟。這細長的脖子，漂亮的側臉，居然說出如此可怕的話。

「妳當然能生。」音子壓抑自己，「妳該不會是迷失自我了？就算妳生下大木先生的孩子，我也已經不在乎了。可是等妳有了孩子，就不會說那種話了。會變的。」

「老師，我不會變。」

在江之島的飯店和大木共宿，惠子到底做了些什麼？比起惠子的敘述本身，從她的說話態度看來，應該還有事情瞞著音子吧？惠子用嫉妒和復仇這些激烈的字眼，究竟想掩飾什麼？

然而，音子想到自己是否至今還會為了大木年雄嫉妒，不禁閉上眼。眼底有石景殘留如影。

「老師，老師。」惠子摟住音子的肩膀。「您怎麼了？怎麼突然臉色發白？」

接著惠子用力掐音子的腋下。

「好痛，會痛啦。」音子踉蹌地單膝跪地。惠子把她抱起，「老師。在我心裡，只有音子老師。就只有音子老師。」

音子沉默，抹去額頭的冷汗。

「惠子，妳說這種話，只會變得不幸喔。一輩子不幸……」

「我一點也不怕什麼不幸。」

「妳還年輕，長得又漂亮，所以才說得出這種話……」

「只要能待在上野老師的身旁，我就很幸福。」

「我很感激妳這麼說，但我畢竟是女人。」

「我最討厭男人了……」惠子斬釘截鐵說。

「那可不行，如果是真的，不可能持久……」音子哀傷地說，

「繪畫的傾向，也大不相同。」

「同樣傾向的繪畫老師最討厭了……」

「妳討厭的可真多。」音子稍微恢復平靜，「妳的寫生簿給我看看。」

「好。」

「這是什麼？」

「老師，您好過分。這不就是石景嗎。您仔細看……都是因為硬要畫我不會畫的東西。」

「嗯——」音子看著看著，又變了臉色。當然，通篇墨色的寫生畫稿，乍看之下，根本看不出在畫什麼，但是似乎有不可思議的生命昂首發聲。這是以往惠子的畫作中沒有的東西。

「果然，妳在江之島的飯店，和大木先生發生過激情吧。」音子開始顫抖。

「激情？那算是激情嗎？」

「妳的畫都不一樣了。」

「老師，我就老實說吧，大木老師連接吻久一點都不願意。」

「……」

「男人都是這樣嗎？」

「……」

「我是第一次和男人這樣。」

音子遲疑著惠子所謂的「第一次這樣」究竟到什麼程度，一邊繼續看惠子的寫生稿。

「我好想變成枯山水的石頭。」她冷不防說。

夢窗國師的石景，不知經歷幾百年，綠鏽斑駁，帶著分不清是天然岩石還是人類堆砌的石頭那種蒼然古色。但那的確是人類堆砌的石頭，嶙峋的深層力量，從未如此逼近音子。接觸到精神的重量感令她有點喘不過氣。

「惠子，今天該回去了吧？我開始害怕石頭了。」

「好。」

「反正也不可能在石上坐禪，還是回去吧。」音子搖搖晃晃站起來。
「這種東西我畫不出來。這才是真正的抽象，惠子妳自由奔放的寫生，或許能捕捉到什麼。」
「老師。」惠子拉著音子的手。
「我們回去玩捉海豚的遊戲吧。」
「捉海豚的遊戲？捉海豚的遊戲是什麼？」
惠子嫵媚地笑了，朝著左邊的竹林走下去。
那片竹林，或許就是攝影家土門拳的鏡頭下美麗的竹林。
音子與其說憂鬱，毋寧是神情緊張地走在竹林邊。
「老師。」惠子拍拍音子的背部。
「您的魂都被那些石頭奪走了？」
「雖然沒到奪魂的地步，但我真想拋開寫生簿和畫筆，好好看上幾天。」
惠子的神情一如既往青春開朗，「不就是石頭嗎。如果像老師這樣觀看，想必也能湧現力量和青苔之美，但石頭畢竟是石頭……」說完之後，又說，

「俳句家山口誓子的文章中，有這麼一段：『日復一日唯有與枯山水無緣的海，與枯山水無緣的朝朝暮暮……爾後，遷居京都，以頭腦理解了枯山水。』——我記得應該是這樣沒錯。」

「海與石景啊。和大海、天然的高山岩石及岩壁相比的話，小庭院的石景畢竟是人造的東西……」音子說。

「儘管如此，我還是畫不出這些石景。」

「老師，因為這是人創造的抽象呀。就連顏色，好像也能按照我的喜好創造。做成我想要的抽象形狀……」

「……」

「石庭是什麼時候開始的……」

「不清楚，不過室町時代之前應該沒有吧。」

「使用的岩塊和石子呢……？」

「誰也不知道那到底有多古老吧？」

「老師想畫的，是能夠比那些岩塊和石子留在世上更久的畫嗎？」

「我不敢奢望。」音子哀嘆。

「無論是這西芳寺的石庭，或是桂離宮的御園，樹木在幾百年內成長、枯萎，被暴風雨摧折，想必和最初已有很大的變化吧。石景應該沒有那麼大的改變。」

「老師，我反倒希望一切都改變，乾脆通通消失最好。上次那幅茶園圖也是，這時候八成已經被大木老師的太太扯破或拿刀割破了吧。因為我和他去了江之島過夜……」惠子說。

「那幅畫其實很有意思……」

「是嗎。」

「惠子，妳只要畫出得意傑作，全都打算送去大木先生那裡？」

「對。」

「……」

「直到完成老師的復仇。」

「我已經跟妳說過好幾次了，不用再提什麼復仇。」

「這個我知道。但我不懂。」惠子依舊態度開朗，「這是女人的執念？女人的賭氣？或是女人的嫉妒？」

「嫉妒……？」音子的聲調低沉顫抖，握住惠子的手指。

「音子老師至今在心底最深處，仍然愛著大木老師。大木老師的心底也深藏著音子老師。聽除夕鐘聲時也是，我這個年輕女孩都能清楚感知。」

「……。」

「就連女人的恨，其實都是愛吧？」

「惠子，妳為何要在這種地方講那種話？」

「就算看了枯山水的岩塊和石子，或許是因為我年輕，總覺得是在看古代日本人的抽象。可是，現在的我，不懂那種抽象的意境。石景是帶著數百年的古色才變成那樣，但當初剛做好時不知是怎樣。」

「嗯——在說什麼剛做好的妳眼中，是幻滅吧。」

「如果我來畫，我會把石景的形狀也隨心所欲地改變，組合石頭時那種不安定的色彩，也會添加我自己喜歡的顏色。」

「噢？那妳應該畫得出來吧。」
「老師，比起老師和我的壽命，那些石景的壽命也太長了。」
「那當然。」音子說著，忽然打個冷顫。
「但應該不是永遠……」
「我只要在老師身邊，畫壽命短暫的畫就夠了……就算立刻被撕毀也沒關係……」
「那是因為妳年輕……」
「就像那幅茶園圖也是，大木老師的太太如果割破或者撕毀，我反而更高興。那樣做，至少應該有一些激情在作用吧。」
「……」
「我的畫，本來就沒有什麼正經八百觀賞的價值。」
「也不能這麼斷言吧……」
「我不是天才，死後一幅畫也不想留下。不過，我喜歡老師，希望能留在您身邊。其實只要能讓我伺候老師的生活瑣事，甚至洗洗碗，我就已經很開心了。可是，老師竟然還指導我作畫基礎入門……」

音子非常驚訝，

「惠子，原來妳心裡這麼想？」

「內心深處是……」

「話雖如此，但妳的確有繪畫的才華。有時我甚至很驚訝。」

「像是小孩的自由畫……？小時候，我的作品倒是經常被張貼在教室。」

「比起我，和我這種平凡的畫家不同，我認為妳應該算是畫風特異的畫家。有時甚至很羨慕妳。惠子，請妳不要那樣說。」

「是。」惠子老實點頭。「能夠待在老師身邊的期間，我會盡力。」惠子點頭時很美。

「老師，別再談什麼繪畫了。」

「妳明白我的意思了吧。」

「是。」惠子再次點頭。「只要老師不離開我……」

「怎麼可能離開。」音子強烈駁斥，

「不過……」

「不過什麼？」

「女人終究要面臨婚姻，還有生孩子的問題。」

「那算什麼……」惠子毋寧是開朗地笑了，「我沒有那種問題。」

「是我的罪過。對不起。」

音子沮喪地把頭扭向一旁，摘了一片樹葉。默默走了一會。

「老師，女人是不是很可憐。年輕男人應該不會愛上六十歲的老太婆吧。可是就算是十幾歲的女孩，也會認真愛上五、六十歲的男人。不是基於慾望……對吧，老師。」

音子當下不知如何回答。

「老師，大木老師那種人，現在完全不行了。他一心認定我是蕩婦。我明明還是黃花閨女……」

音子的臉色發白。

「不僅如此，在那緊要關頭，我情不自禁喊道『上野老師，上野老師』，結果他就做不下去了。」

「……」

「為了上野老師，我等於承受了女人的恥辱。」

音子的臉色更白了，膝蓋開始顫抖。

「在江之島的飯店？」音子好不容易才擠出話。

「對。」

上野音子當然無法向這樣的惠子抗議。

車子抵達音子二人住的寺院。

「因為那個，說是好險逃過一劫的確是逃過了……」就連惠子自己都臉紅，

「老師，要我生個大木老師的孩子送給您嗎？」

猝然間，惠子被重重甩了一耳光。痛得惠子甚至噴淚。

「啊，真痛快。」惠子說。「老師，再多打我幾下，用力打。」

音子渾身哆嗦。

「再多打幾下……」惠子還在反覆說。
音子結結巴巴說，「惠子，妳為什麼說那麼可怕的話。」
「不是我的孩子。我是當成您的孩子才這麼說。等我生下來，就把孩子送給您。我想從大木老師那裡偷個孩子送給您……」
音子又是一巴掌狠狠甩過來。這次惠子抽泣著說，
「老師，老師您現在就算再怎麼愛大木老師，都已經無法生大木老師的孩子。不能生了。我可以毫無感情地生孩子。然後，我認為那就和您自己生產是一樣的……」
「惠子。」音子說，隨即去簷廊，把螢火蟲的籠子一腳踢向院子。
籠子從音子打赤腳的腳尖飛出去，騰空的剎那，籠中的螢火一齊劃過青白色流光墜向院子的青苔。夏日晝長夜短的天空已漸漸染上暮色，院子雖然不見這個時刻會有的霧氣，卻似乎也可感到那種氛圍了，但仍是白天的亮度。這時螢火不可能發光，或許連發白都看不出。剛才那抹流光可能是音子眼花，心理錯覺。音子渾身僵硬似地杵著，凝視落在青苔上的籠子。眼也不眨。

惠子的抽泣停止了。她屏息窺探音子的背影。惠子雖未閃躲音子的巴掌，但她跪坐的膝蓋歪斜，全靠撐在榻榻米的右手支撐。就此動也不動。僵硬地呆立原地的音子，似乎讓惠子也僵直了身子。不過，那只是短暫一瞬。

「啊，老師，您回來了。」美代說著進來。「老師，洗澡水燒好了。」

「是嗎。謝謝。」音子啞聲說，感到腰帶底下不舒服地被汗水浸濕。胸口也是冰涼的汗水。

「雖然沒那麼熱，但這天氣真討厭。濕黏黏的……不知是梅雨尚未結束，還是梅雨又回來了。」

音子沒有朝美代轉身，繼續說道，「能泡澡真是太好了。」

——美代是寺裡雇用的女工，但她也負責打理音子二人住的偏屋。從掃地、洗衣乃至收拾廚房，有時連煮飯也交給她。音子喜歡烹飪，也很熟練，但是有時身心都被繪畫占據，就懶得料理三餐。惠子也是人不可貌相，其實很擅長京都式的細膩風味，可惜她隨性慣了，想做才做。因此，師徒倆靠美代做的簡單食物打發午餐和晚餐的日子也不少。美代已經五十三、四歲，來寺裡的這六年，一直工作得很勤快。寺裡有年輕的住持太太和婆婆在，因此美代甚至更長在偏屋的音子這邊伺候。美代身材矮小略顯豐腴，手腕和腳踝都胖嘟嘟的。

此刻肩膀渾圓的美代也神色開朗，看到院子的螢火蟲籠子後，

「老師，要讓螢火蟲沾點夜露嗎？」說著越過踏腳石，走近籠子。大概是因為籠子橫倒在地。美代蹲身扶正籠子。但她沒有撿起來。美代似乎以為籠子本就放在那裡。

美代站直身子後，順理成章地，從院子望向簷廊上的音子，但音子早已轉身走進屋內深處的浴室了。美代和惠子面面相覷。被惠子泛著水光的目光直刺，美代低下頭，但惠子蒼白的臉頰有半邊發紅，顯然非比尋常，美代忍不住脫口問道，

「小姐，您是怎麼了？」

「……」

惠子沒有回答。眼神也毫無動搖地起身。浴室那邊傳來水聲。音子似乎正給熱水加冷水。或許是水燒得太熱，水聲始終沒停止。

惠子站在掛在畫室牆上的鏡子前，用手提包內的化妝品補妝，拿銀色的小梳子梳頭。三面鏡梳妝檯和穿衣鏡都在浴室前的小房間。

音子就是在那裡脫掉衣服進去泡澡，因此惠子不方便去那裡化妝。惠子從衣櫃上方的抽屜，取出放在最上面的單衣。也換了內衣。然後在長襯裙套上單衣想合攏前襟，手卻不大聽使喚。

「老師……」

她忽然呼喚音子。

低著頭的惠子，在那單衣的袖子和衣襬的花紋中，看到音子的存在。那件單衣的花紋是音子特地替惠子描繪，再請人染的。是夏天的花卉圖案，但是大膽的抽象簡直不像音子的畫作，雖知是牽牛花，卻像是幻想之花。色彩也是最近新式和服的風格，自由地揮灑濃淡。看起來青春又清涼。能夠設計出這樣的和服，想必是因為畫這個時的音子有惠子依偎身旁寸步不離。

「小姐，您要出門嗎？」美代從隔壁房間說。

「妳在看什麼？」惠子沒有轉身，說道。「如果在看我，就來旁邊看沒關係。」

「……」

惠子察覺，美代八成是狐疑地望著她單衣前襟沒有整齊合攏，腰帶也沒綁好的模樣。

「您要出門嗎？」美代再次說。

「我不出門。」

惠子用右手拎起單衣的衣角，左臂抱著腰帶和腰帶的襯墊等配件，一邊走向浴室前的小房間，態度尖銳地說，

「美代，我忘記襪子了。去幫我拿一雙新的來。」

聽到惠子的腳步聲，音子從浴室呼喚，

「惠子，這熱水很舒服喔。」音子以為惠子是來泡澡的。但是惠子站在鏡前綁腰繩。她狠狠地用力勒緊。

美代默默把襪子放到惠子腳邊就走了。

「快進來。」音子再次呼喚。

音子的雙乳以下都浸在熱水中，用等待惠子的目光望著入口的杉木門。照理說惠子應該會立刻開門進來，門外卻悄然無聲，也沒有脫衣的動靜。

這時，懷疑惠子該不會是對裸體進來有所猶豫的念頭，貫穿了音子。突感心頭窒悶的音子，從浴缸抽身而起，抓著浴缸邊緣起身去淋浴場。

和大木在江之島的飯店共宿過的身體，惠子是否不願讓音子看見？

惠子從東京回來，已是半個月前的事。在東京的期間，惠子拜訪大木，被大木帶去江之島。回到京都後的這段日子，惠子多次和音子一起泡澡，也毫不羞澀地袒露肌膚。儘管如此，惠子與大木在江之島共宿之事，直到今天在苔寺後山的石景前，才突如其來地向音子坦白。那番坦白的言詞異常，極為古怪。

音子平時就已從各方面一年比一年發現惠子是個妖異的女孩。再者，惠子之所以變成妖異的女孩，想必也有音子的因素。就算不能說是音子一手打造的，無疑也是音子在惠子的內心點了一把火。

淋浴場的音子滿頭大汗。伸手一摸是冰冷的。

「惠子，妳不進來泡澡？」音子說。

「對。」

「妳不進來？」

「對。」

「就算只是把汗沖一沖也好……。」

「我沒有流汗。」

「……」

「老師，對不起。老師，請原諒我……」

惠子的聲音澄淨清亮。

「原諒……」音子接著惠子的話說，「對不起，應該是我道歉才對。」

「……」

「妳在那邊做什麼？妳站著？」

「我在綁腰帶。」

「啊？綁腰帶……？妳說妳在綁腰帶？」

音子狐疑地問出口後，匆忙擦拭身體。

音子隨即打開杉木門出去。當下，她看見已換好衣服，裝扮嬌美的惠子亭亭佇立。

「怎麼，妳要出門？」

「是的。」

「去哪裡？」

「我也不知道要去哪裡。」惠子平日眼中的光芒，因憂愁而沉鬱地說道。

音子似乎對自己的身體感到難為情，連忙將浴衣披在肩上，

「我也一起去。」

「是。」

「不行嗎？」

「不，老師。」惠子背對音子。惠子的側臉映現在鏡中。「我等您。」

「是嗎。那我馬上換衣服。妳先讓開一下。」

音子繞過惠子身邊，在化妝桌前坐下。在鏡中與惠子四目相對。

「去木屋町好不好？去阿總那裡……妳先打個電話問問。如果露臺沒位

子，就訂二樓的包廂。對，哪個房間都行，只要面河就好……如果訂不到面河的的位子就算了。我再想想別的地方。」

「是。」惠子點頭，「老師，我去拿冰水來。放點冰箱的冰塊……」

「好。我的臉色看起來很熱？」

「是。」

「放心吧，我不會拿什麼化妝水的瓶子砸妳……」音子拿著右手那瓶化妝水滴在左手心。

惠子拿來的冰水，讓音子感到沁透胸臆。

電話必須去寺裡的人住處借用。

音子匆忙換衣服時，惠子回來了。

「露臺八點半後有人訂位了，阿總說在那之前的話沒問題。」

「八點半啊。」音子嘀咕後又說，「八點半……我倒是無所謂，早點去的話，晚餐時間也比較充裕。」

接著音子把三面鏡兩側的鏡子拉近，頭伸進去檢視。

「我頭髮就這樣可以吧。」
惠子點點頭。手伸到音子的腰帶後方，悄悄替她拉直和服背後的折線。

火中蓮花

《都名所圖繪》的〈四條河原夕涼〉一節，經常被描寫鴨川納涼的文章引用。「……東西有青樓，河畔設高臺，燈火如繁星，河岸皆矮几，流光催盛宴，頭戴深紫帽，隨河風翩翩，絕色美少年，月下含羞怯，掩扇姿嫵媚，益顯其優雅，心動目難移，不意恍惚間，更有妓婦在，光彩照人眼，妝容勝芙蓉，馥郁如蘭麝，南行復北走……」

也有說相聲或表演模仿的藝人出場，

「猿喜劇，犬相撲，演馬術，耍雜技，麒麟走鋼索猶如盪鞦韆，麵攤吹嗩吶招客聲響亮，涼粉店流水滔滔可消暑，玻璃琅琅聲招來清涼風。中日之名鳥、深山之猛獸，亦齊聚於此，供眾人觀賞，人不分貴賤，於河畔遊宴……」

元祿三年的夏天，芭蕉也來了，

「四條河岸納涼，自傍晚月出至黎明，河中鋪設高臺，飲酒作樂。女人腰繫錦帶，男人身披大褂，亦有法師老人，乃至桶店鐵匠之學徒，皆偷閒自娛放聲高歌。誠乃京都勝景。」

並且寫了一首俳句，「河風徐來，一襲單衣乘晚涼。」

據說「整條河岸都是各種賣藝、雜耍、展售拼木工藝的戲棚子，燈籠、提燈、篝火照得亮如白晝」的河岸納涼，到了明治末年，也有旋轉木馬、滑索等遊具，進入大正時代，京阪電車行駛東岸，將河底深掘後，河岸納涼遭到禁止，成了如今上木屋町、先斗町、下木屋町這樣的成排露臺，但音子在描寫古代河岸納涼的文章中，對於「頭戴深紫帽，隨河風翩翩，絕色美少年，月下含羞怯，掩扇姿嫵媚……」這一段的印象格外深刻。被那樣描寫時，「絕色美少年」就在月夜下的河岸雜沓人群之中。美少年的那種嫵媚風流，歷歷浮現音子的眼前。

——惠子初次出現在音子面前時，音子覺得，惠子就是宛如這美少年的少女。

此刻，在阿總的「總屋」這家茶屋的露臺，音子又憶起當時。比起當時宛如少年的惠子，古時候的「絕色美少年」想必更有女人味、更嫵媚。把當時的惠子變成今天這個惠子的就是自己，音子一如往常地回顧，

「惠子，妳第一次來見我時的情景，妳還記得嗎？」她說。

「老師您真是的。」

「當時我還以為是妖精闖入。」

惠子拉起音子的手，把小指頭放進嘴裡咬，抬眼看著音子。然後，她低喃：

「春天的傍晚，庭院籠罩淡淡的水藍色霧氣，彷彿飄浮在那霧氣中走來……」

那是音子說過的話。音子說，由於傍晚起霧，惠子看起來更像妖精。惠子始終記得這番話，現在反過來低聲說給音子聽。

兩人之前也曾數次像現在這樣談論回憶。每當這樣談起回憶時，惠子知道，音子就會後悔且苦惱地對惠子的愛執，深感自責，而且那股愛執反而因此

更添詭異的魔力。

總屋南邊那家茶屋的露臺，在四角放置了燈檯，有一名藝妓和兩名舞妓陪席。只見一個年紀不算大卻已禿頭的肥胖客人，望著河面意興闌珊地對舞妓們的搭話點頭附和。客人不知是在等同伴還是在等入夜。燈檯早早就陸續亮起燈，但是天色尚未完全暗下，燈檯看起來也有點傻氣。

說是隔壁，露臺邊緣和總屋的露臺邊緣，近得幾乎伸手可及。而且每家店的露臺都是面向沿鴨川西邊石牆流過的禊川伸出，架設在河上，彼此之間毫無遮蔽。不僅是隔壁的露臺，連更遠處的露臺也一覽無遺。成排露臺相互可見，也是河岸特有的清涼風景。這些露臺當然都是上無遮蔽的平臺。

惠子毫不在意隔壁露臺的人們眼光，咬音子小指的牙齒用力。小指的痛楚，瞬間直竄音子的腹部。但音子沉默不語並未抽回手指。惠子的舌頭在小指的指尖蠕動。惠子吐出小指後說，

「一點也不鹹。老師，因為您洗過澡了……」

「……」

鴨川及市區彼方的東山開闊的風景，緩和了音子一腳踢飛籠子的煩躁，靜下心後，她開始覺得，讓惠子變成會和大木年雄去江之島投宿的那種人，都是自己的罪過。

——惠子當初高中一畢業就來音子這裡了。她在東京看到音子的繪畫個展，又在某週刊看到音子的照片，據說因此很崇拜音子。

那年，音子參加了京都舉辦的關西地區美術展，畫作不僅得獎，還廣受好評。或許也是因為繪畫題材選得好。

她藉著明治十年左右的祇園名妓佳代的照片，描繪舞妓划拳的模樣。這張照片運用特效，划拳的二名舞妓都是佳代。衣裳也相同。張開雙手十指的舞妓幾乎是正面對著觀者，雙手握拳的舞妓則是略為側身，二人雙手的構圖、身體及臉孔的對應，都讓音子覺得很有趣。畫面右邊張開手的舞妓，大拇指和食指分開，四根手指翹起。從肩膀到下擺都是古典風格大塊圖案的衣裳（但那是黑白照片看不出色彩）。在音子看來很有意思。二人之間，有木製的方形火盆，上面掛著鐵壺，也放了酒瓶，看似簡陋廉價，而且破壞畫面，所以被音子省略了。

當然，音子作畫時也畫成一名舞妓幻化為二人在划拳。一名舞妓變成二名舞妓，二名舞妓實為一名舞妓，抑或不是一人亦非二人，某種不可思議的感覺，就是這幅畫的意圖。即便是老舊的特效照片，也蘊藏那樣的某種東西。為了不讓這個靈感止於無聊的半吊子靈感，音子描繪舞妓的臉孔時煞費苦心。照片上看似臃腫的衣裳上裝飾風格的圖案，也成了音子作畫時的助力，生動烘托出那四隻手。音子雖未完全按照照片描繪，但在京都，想必有不少人一眼就能看出，這是按照昔日名妓的特效照片創作的畫。

來自東京的畫商對這幅舞妓圖深感興趣，特來拜訪音子。並在東京展出音子的小品。惠子就是在這時見到音子的畫作。上野音子這個京都畫家的名字，當然不可能連惠子這等人都聽說過，當時她純粹只是偶然路過。

畫報週刊之所以採訪音子，想必也是因為那幅舞妓圖在京都大阪廣受好評。同時，可能也是因為這幅畫的作者長得漂亮。音子被那家週刊的攝影師和記者拽去京都各地，硬是給她拍照。不，去的都是音子喜歡的地方，所以或許算是音子拽著週刊的人四處跑吧。最後做成三頁大幅彩照的音子特輯。也刊載了舞妓圖的照片及音子的大頭照。不過，還是以京都風物照為主，音子看起來不過是點綴的人物。讓音子挑選她喜歡的場所，或許也是考慮到週刊人員只知一般觀光名勝，如果有定居京都的女畫家負責導覽，或許能拍攝到不為人知的好地方。音子並沒有鬧彆扭覺得自己被利用，自己的照片雖然多達三頁，但是背景並非京都常見的名勝景點。

不過，不熟悉京都的惠子，當然不曉得照片拍出了觀光客不知道的京都魅力場所，只是透過畫報看見音子的美。那樣的音子吸引了惠子。

從淡淡的水藍色夕霧中現身音子面前的惠子，懇求音子收留自己傳授畫技。她對音子死纏爛打。那樣的惠子在音子看來之所以像妖精，想必是因為被惠子突然抱住吧。那就像情慾猝然勃發。

但音子還是說，「妳這樣突然上門拜師，父母同意了嗎？否則我可不能答應。妳說是吧。」

「我父母都不在了，我的事情我自己作主就行了。」惠子說。

音子的目光重新審視惠子，

「也沒有叔伯阿姨或者兄弟姐妹……？」

「我是拖累兄嫂的包袱。他們有孩子後，更嫌我礙眼。」

「有了孩子，為什麼會嫌妳礙眼？」

「我當然很疼愛孩子。但我的疼愛方式，兄嫂看不順眼。」

「……」

惠子跟在音子身旁四、五天後，惠子的哥哥來信，說她是個任性又有點瘋狂的女孩，當女傭恐怕都不夠資格，但還是希望音子多多照顧。惠子的衣服及隨身物品也一併送來了。從那些東西看來，惠子的家境似乎相當富裕。

惠子疼愛嬰兒的方式何以令兄嫂不滿，音子也在和惠子一起生活後立刻懂了。的確有點異常。

那應該是惠子來的第七天或第八天吧。惠子纏著音子說希望老師按照喜歡的方式替她重新弄頭髮，音子摸惠子的頭髮時，不小心握著頭髮扯了一下，

「老師，再用力一點……」惠子說。「拽著頭髮，把我吊起來試試……」

音子鬆手。惠子轉過身，嘴唇貼在音子的手背上，牙齒也貼著手背。然後說，

「老師，您的初吻是幾歲？」

「怎麼突然問起這種問題……」

「我是四歲喔。我記得很清楚。對象是我媽那邊的遠房舅舅，不過，那人當時大概三十左右吧，我很喜歡他，他獨自坐在我家客廳時，我就搖搖晃晃走過去親吻他。舅舅嚇一跳，連忙用手抹唇。」

——在鴨川的露臺上，音子又想起那段幼稚初吻的敘述。四歲時吻過男人的嘴唇，成了音子的所有物，如今也咬著音子的小指。

「老師，我還記得您第一次帶我去嵐山時。當時下著春雨。」惠子說。

「好像是。」

「還有那家烏龍麵店……」

惠子來到音子住處的兩三天後，音子帶著惠子，從金閣寺、龍安寺繞去嵐山。最後進了渡月橋前方稍微上坡的河邊烏龍麵店。店裡的老太太說這場雨下

得真不巧。

「下雨也很好啊。是不錯的春雨。」音子回答。

「是，謝謝。謝謝您。」店裡的老太太道謝。還微微鞠躬致意。

惠子看著音子低聲說，

「是代替天氣道謝？」

「啊？」老太太的說話方式太自然以致音子都沒意識到，「是啊，代替天氣道謝……」

「真有趣。居然代替天氣道謝，真好。」惠子接著說。「在京都，都是這樣嗎？」

「誰知道呢。」

老太太說的話，若說聽起來像是人類代替天氣道謝，的確可以這麼說。音子二人難得來到嵐山，不巧碰上下雨，老太太說的話，想必只是隨口寒暄之詞。音子回答下雨也不錯，不只是回應對方的寒暄。音子是真心認為春雨中的嵐山也不錯，所以才這麼說。老太太為此道謝。聽來像是代替天氣，或者說代替雨中的嵐山感謝她的讚賞。對於在嵐山開店的人而言，這或許終究只是寒暄的客套話，但在惠子聽來很稀奇。

「很好吃耶，老師。我喜歡這家烏龍麵。」惠子說。這家麵店是計程車司機介紹的。因為下雨，音子包了計程車四小時前來。

雖是花季，但碰上下雨，嵐山的觀光客少得驚人，這也是音子覺得「下雨不錯」的原因之一。而且煙雨濛濛的春雨讓對岸青山顯得溫婉柔美。走出麵店，望著對岸青山，他們要走回計程車等候之處，細雨濛濛，就算不撐傘也看不出衣服被打濕。細密的雨腳落在河面旋即消失，甚至不留痕跡。青翠嫩葉夾雜櫻花的山間，群樹發芽的繽紛色彩也被雨絲柔化。

春雨帶來美景的不只是嵐山。

苔寺和龍安寺也是。苔寺的庭院中，濡濕後色彩越發鮮艷的青苔上，落滿馬醉木的小白花，在那片翠綠上的雪白中還落了一朵艷紅山茶花。山茶花的花型保持完好，正面朝上，好似是開在那上頭。龍安寺的石庭中，石子也被雨淋濕呈現石頭各自的顏色。

「把古伊賀[1]的花器放入茶席時，不也會事先打濕？就跟那個是同樣道理。」音子說，但惠子根本不知道什麼伊賀的花器，對眼前石庭的石頭色彩也沒有特別的感受。

但寺院境內路旁樹上的雨滴，倒是在音子的提醒下映入眼簾，令惠子留下深刻印象。矮松枝頭的松葉尖各沾著一滴雨珠。每片松葉的葉尖都有，松葉看似花莖，彷彿正燦爛綻放露珠之花。一不留神就會忽略，是微妙的春雨之花。不只是松葉，楓樹之類也有剛發芽尚未伸展開的嫩葉帶著雨滴。

松葉葉尖沾有一滴雨滴的景像，當然不僅限於京都，任何地方都有，但這是惠子第一次留心注意親眼見到。那感覺就像是京都特有的東西。這松葉雨滴和烏龍麵店老太太的寒暄，成為惠子對京都的第一印象。想必多少也是因為她初到京都，又是第一次被音子帶出門吧。

「那家烏龍麵店的老闆娘，不知是否依然健在。」惠子說。「後來我們再也沒去過嵐山呢，老師。」

「是啊。冬天的嵐山，和春秋兩季不同，我認為是最好的時節。潭水的顏色也帶著冷冽的深邃。改天我們去走走吧。」

「還要等到冬天嗎？」

「冬天馬上就到了。」

「才不是馬上。接下來進入盛夏，之後還有秋天……」

「隨時去都行喔。」音子說著笑了。「就算明天去也行……」

「那就明天去吧，老師。我要對麵店老闆娘說，炎熱時的嵐山也不錯。那個老闆娘，八成又會代替炎熱的天氣，向我道謝說謝謝吧。」

「也是代替嵐山。」

惠子遠眺河面，

「老師，等冬天到了，這個河岸成雙成對的情侶也會消失吧。」

其實算不上河岸。露臺下方的禊川和鴨川之間，以及鴨川和東邊疏水道之間，有兩條河堤設計成行人步道。河堤上有雙雙對對的遊客。可以說幾乎都是

1 古伊賀，伊賀地區燒製的陶器中，桃山時代的作品，多為花器及茶具，風格奇特豪放。

來約會的。帶著小孩的人甚至顯得稀奇。年輕男女依偎著漫步，或者坐在水畔耳鬢廝磨。隨著暮色漸深，人數也越來越多。

「冬天這種地方很冷，應該待不住吧。」音子說。

「還不知道能否維持到冬天呢。」

「妳是指什麼……」

「這些人的愛情……雖不確定會有幾對，但是這些情侶之中，一定有某些人到了冬天已經不想再見面。」

「妳看風景時就想著這種事？」被音子這麼說，惠子點頭。

「為什麼非要這麼想不可？」音子又問道。「妳年紀輕輕的……」

「因為我不像老師您這麼傻，對一個害慘您的人，還繼續思念了二十幾年。」

「……」

「老師明明是被大木老師拋棄的，為什麼永遠不能認清這個事實？」

「妳講話不要這麼難聽。」音子在惠子面前撇開臉。惠子伸出手，撩起音

子後頸的碎髮，一邊說道，
「老師，您拋棄我試試……」
「啊？」
「老師現在能拋棄的人，只有我一個。您拋棄我試試……」
「拋棄是什麼意思？」音子沒放在心上似地隨口說道，眼睛卻和惠子的雙眼牢牢相對。惠子替她撩起的碎髮，她又自己撩起。
「就是像老師被大木老師拋棄那樣。」惠子纏著音子，似要窺探她的眼色深處，
「只是老師自己不願承認遭到拋棄，所以好像沒這麼想過……」
「什麼拋不拋棄的，這種字眼多難聽。」
「還是說清楚比較好。」惠子眼中散發妖異的光芒，「不然老師認為大木老師是怎麼對待您的？」
「那是分手。」
「可是並沒有分手啊。在您心中，至今仍有大木老師，大木老師的心中也

有音子老師……」

「妳到底想對我說什麼？真搞不懂妳。」

「老師，今天我還以為已經要被老師拋棄了。」

「剛才在家是我不好，我不是道過歉了嗎？」

「該道歉的是我。」

就是為了事後和解，音子才會帶惠子來木屋町的露臺，可是兩人之間真的能夠打從心底和解嗎？惠子的個性似乎無法安於平靜無波的愛情，不時頂撞音子或爭執鬧彆扭已是常事，但是今天坦承與大木在江之島共宿的她迥異於以往，傷害了音子。音子一直以為在自己懷中的惠子，如今似乎成了與自己對立的生物。惠子雖然宣稱要替音子向大木復仇，音子卻覺得是自己遭到惠子報復。此外，對於大木這個男人，音子也產生新的恐懼與絕望。誰不好找，他為什麼偏偏要和音子的愛徒惠子糾纏不清。

「老師，您不會拋棄我？」惠子又問。

「如果那麼希望我拋棄，那我拋棄妳也行。這樣也是為妳好。」

「我不要。我討厭您這種說話方式。」惠子搖頭，「我沒想過為自己好。只要能待在老師身邊……」

「離開我，才是為妳好。」音子努力保持平靜說。

「在老師心中，已經不要惠子了？」

「不是的。」

「我好高興，老師。我一直很難過怕自己被拋棄。」

「那應該是妳吧？」

「是我……？您是說我會拋棄您？」

「……」

「我死都不會離開老師。」惠子熱切地說完，拉起音子的手，又咬她的小指。

「好痛！」音子縮肩抽回手指。「會痛啦。」

「我就是要讓您痛才咬的。」

外賣料理送來露臺了。女服務生把那些菜餚擺上桌之際，惠子冷然把頭一撇，望著叡山上方一團燈火。音子連忙對女服務生說話以免冷場，同時將一手放到另一隻手的手指上。因為她總覺得還留有惠子的齒痕。

女服務生回屋裡後，惠子用筷子夾起一塊湯裡的海鰻放入口中，低著頭說：

「老師，妳明明可以試試看拋棄我。」

「妳也很固執。」

「因為我認為自己是個注定會被老師、被喜歡的人拋棄的女孩。老師，我這樣很固執嗎？」

「……」

音子沒有回答。想到女人對女人或許比對男人更固執，平日那苦澀的念頭又湧上音子的心頭。如遭針刺。被惠子咬過的小指頭照理說應該已經不痛了，但那裡似乎也有針在扎。咬指頭這種事，不也等於是音子教惠子的嗎？

那是惠子跟在音子身邊不久後的事，當時正在廚房油炸東西的惠子匆匆來找音子，

「老師，我被油噴到……」

「燙傷了？」

「火辣辣的好痛。」惠子說著把手伸到音子的臉前。指尖已經發紅了。音子握住那隻手，

「這樣看來，應該沒有燙傷。」音子說著，已把惠子那根手指含在口中。她是情急之下這麼做，因此直到惠子的手指碰到舌頭才發覺。音子驚訝地吐出指頭後，惠子自己又把那根手指含在口中。

「老師，舔一舔就行了嗎？」

「惠子，妳炸的東西呢？」

「啊呀，差點忘了。」惠子連忙跑回廚房了。

之後大概過了多久呢？到了夜裡，音子開始會將嘴唇貼在惠子的眼皮，或是將惠子的耳朵含在唇間。惠子的耳朵怕癢，扭身嬌嗔。那誘惑了音子。

對惠子那樣做時，音子也想起往事。以前大木對音子做過同樣的舉動。或許是因為音子當時仍是少女，大木並未猴急地碰觸音子的雙唇。大木的嘴唇流

連在她的額頭或上眼皮或臉頰，讓仍是少女的音子適應、放鬆。惠子比起當時的音子大了兩三歲，而且彼此是同性，但是比起被大木做過同樣舉動的音子，惠子的回應更強烈。也沉溺得更快。

然而，想到自己正對惠子做出以前被大木做過的行為，音子有種心頭發緊的心虛。同時，也有戰慄的新鮮感。

「老師，不要。老師，不要。」惠子說著，赤裸的胸脯貼上音子的胸脯摩擦。

「老師的身體不也是一樣嗎？」

音子驀然抽身退開。

惠子黏得更緊，「是吧，跟我的身體一樣。」

「……」

「一樣吧，老師。」

音子懷疑惠子已經和男人睡過。惠子這種突襲似的說話態度音子還不習慣。

「不一樣。」音子低喃，惠子的手伸過來摸索音子的胸部。動作毫不遲疑，但手指和手掌似乎有點羞怯。

「別這樣。」音子抓住惠子的手。

「老師，不公平，不公平。」惠子的手指用力。

二十幾年前，十六歲的少女音子被大木年雄摸胸，也說過「老師，不要，老師，不要」。在大木的《十六、七歲的少女》中，也如實寫出了音子這句話。就算沒寫出來，音子自己也不可能忘記，但是被寫出來後，那句話似乎變得恆久不滅。

沒想到，惠子也說出同樣的話。是因為惠子看過《十六、七歲的少女》嗎？抑或這本就是女孩子在這種情況下必然會說的話？

《十六、七歲的少女》中也描寫了十六歲音子的乳房。在大木的對話中也寫道，能夠碰觸如此可愛的寶貝，是人生難得的幸運，也是上天的恩賜。

音子沒有餵過奶，所以乳頭的顏色還很深。那個顏色經過二十年也只是稍微變淡。但是從三十三、四歲起乳房就明顯下垂了。

那種下垂在浴池中也被惠子看到了，惠子無疑親手碰觸確認過。音子以為惠子會說起那個，但惠子並未開口。而且，二人明知是惠子讓音子的乳房日漸恢復堅挺，彼此卻都隻字不提。惠子或許視之為某種勝利，因此她的緘默反而顯得不可思議。

音子有時感到是病態的悖德誘惑令胸部隆起，有時也感到難以言喻的羞恥，但是最主要的，還是對年近四十的身體竟有如此變化感到訝異。那種訝異，和十六歲那年因為大木、十七歲因為懷孕導致胸形改變的訝異，自然大不相同。

音子被迫與大木分手後這二十幾年來，再沒讓人摸過胸部。音子的青春歲月，女人時光，就在這之間消逝了。之後碰觸音子乳房的，是同性的惠子。

被母親帶來京都後的音子，當然也有過幾次戀愛和婚姻的機會。但音子一直迴避戀愛。一旦發現男人喜歡自己，與大木的回憶就會立時鮮明重現。那與其說是追憶，毋寧等同現實。十七歲和大木分手時，音子認為這一生都不會結婚了。不，她當時被悲傷沖昏頭，別說是將來的婚姻，連明天都無法思考，但是終生不婚的念頭掠過腦海，那個念頭在歲月流轉中逐漸堅定不移。

音子的母親當然期盼女兒結婚。搬來京都也是為了讓女兒遠離大木，以便心情平靜下來，並非鐵了心要在京都定居。

來京都後，母親安撫女兒的同時，也在觀察女兒的狀況。第一次對女兒談起婚事，是音子滿二十歲時。那是仇野念佛寺的千燈供養之夜。在嵯峨野的深處。

被稱為無緣佛墓碑的小型古老石塔，成排林立多得數不清，看到散發無常感的西院河岸，點亮供奉在墓碑前的「千燈」，音子的母親不禁含淚。夜色中亮起的點點微弱火光反而給成排石塔增添虛無之感。音子察覺母親的眼淚卻沒說話。

兩人回程走的鄉間道路也有點暗。

「真寂寞。」母親說。「音子不覺得寂寞？」

母親連用了兩次寂寞這個字眼。前後兩次的含義似乎不同。母親提起東京的熟人想給音子介紹婚事。

「我不能結婚，對媽媽感到很抱歉。」音子說。
「世上沒有不能結婚的女人。」
「當然有。」
「妳如果不肯結婚，我和妳死了以後都會變成無緣佛。」
「我不懂變成無緣佛是怎麼一回事。」
「就是死後沒有親人祭拜的死人。」
「這個我當然知道，我只是不懂那是怎麼一回事。」
「……」
「那畢竟是死後的事吧？」
「不見得是死後喔。沒丈夫也沒孩子的女人，活著也等於是無緣佛吧。我如果沒有妳這個孩子還不知會怎樣呢。妳現在是還年輕……」母親遲疑了一下之後又說，「妳是不是經常畫嬰兒的臉？妳打算那樣做到什麼時候……？」
「……」
母親把熟人介紹的那個相親對象的資料全說了。據說是銀行行員。

「如果願意和對方見個面，就去一趟久違的東京吧。」

「聽著那種話，媽妳知道我眼前浮現什麼嗎？」音子說。

「眼前浮現？是什麼？」

「鐵窗。我眼前浮現醫院精神科病房的鐵窗。」

母親倒抽一口冷氣，就此沉默。

後來母親在世時，還提過兩三次音子的婚事。

「妳就算對大木先生一直念念不忘，也沒辦法向大木先生表白。更不可能讓他理解妳這份心意。妳想為他犧牲奉獻也沒用。」母親與其說要教訓音子更像是在懇求，苦口婆心地勸音子結婚。

「如果妳還在等待等了也是白等的大木先生，那就像在等待過去，流水和時光都不可能倒流。」

「我什麼也沒等。」音子回答。

「只是在回憶……？只是忘不了……？」

「不，不是。」

「真的嗎？」

「……」

「或許是年幼的緣故，妳只是在那年幼懵懂的時候，遇到了大木先生，所以或許傷得太深，傷痕始終沒消失吧。對妳這麼小的孩子做出這種殘忍的事，我真恨大木先生。」

母親這番話殘留在音子的心頭。音子試著想，是否正因為當初是個年幼懵懂的少女，才能夠愛得那樣奮不顧身。十六歲的音子當然還是年幼的孩子，也的確不懂事。或許因此反而無法遏止那股盲目的狂熱。痙攣著咬住大木的肩頭時，連流血都沒發現。

那時音子已經和大木分手來到京都了，但她看了《十六、七歲的少女》最驚訝的，就是大木來見音子的路上，居然滿腦子盤算著今天和音子做愛要怎樣進行云云。而且，書上說多半都如他所想的做到了。書上還說，一路想像著那個，就是大木興奮又期待的喜悅，但音子對於男人居然有那一面只覺得萬分驚訝。身為承受方的女人，更何況還是少女的音子，做夢也想不到男人會事先盤算方法和程序，只是順從地任由對方擺布、索求。因為是少女，反而不會懷疑大木。結果大木卻把音子寫得好像是個性慾異常的少女，是女人中的女人。而且大木還提到他藉由音子，試遍了所有睡女人的方式。

看到這裡時，音子屈辱得渾身發熱。但是之後，她無法克制地想起那種種被愛的方式，身子幾乎僵硬地顫抖。隨著那樣的衝動也平靜後，歡喜與滿足蔓延全身。過去的愛在現實中活過來了。

從仇野的千燈供養儀式回來的昏暗路上，音子看見的不只是病房鐵窗的幻影，也浮現被大木抱著的自己。

音子覺得，如果大木沒有寫到什麼試遍所有睡女人的方式，自己被大木擁抱的模樣，或許也不會在如此漫長的歲月仍鮮明留在記憶中。

當音子聽到惠子說，在江之島的飯店，惠子被大木抱著的緊要關頭，「情不自禁喊道『上野老師，上野老師』，結果他就做不下去了」，音子的憤怒與嫉妒又添加了絕望，不由臉色慘白，但在心底深處，音子感到大木也想起了她。不只是心裡想起，或許那瞬間也清晰浮現昔日抱音子的模樣吧。

隨著歲月流逝，與大木肌膚相親的模樣，在音子的心中逐漸被淨化。從身體的姿態變成心靈的姿態。現在的自己不乾淨。現在的大木大概也不乾淨。可是，二十年前二人相擁的姿態，如今歷歷在目的模樣在音子看來是乾淨的。那是自己又不是自己，已非現實卻仍是現實的那種模樣，從二人昇華為神聖的幻像。

想起昔日被大木調教的情事，如今用類似的方式抱惠子時，音子擔心那神聖的幻像會被玷汙消失，卻還是浮現另一種神聖的幻像。

惠子如今就算當著音子的面，也照樣在小腿、手臂及腋下塗抹脫毛膏。剛來音子這裡的那陣子，當然是背著音子偷偷塗抹。浴室傳來臭味後，

「妳剛剛在幹嘛？那種怪味是什麼？」即使音子這麼問，惠子也不回答。音子沒必要用脫毛膏，所以壓根不認識。她的皮膚連汗毛都沒有。

第一次看到惠子屈膝塗抹脫毛膏時，音子驚訝地蹙眉。

「味道難聞死了，那是什麼，真討厭。」

之後，眼看隨著藥膏抹去，毛髮也跟著脫落，

「哎喲好噁心，別弄了別弄了。」音子捂住眼。「簡直毛骨悚然。」

音子是真的渾身發冷幾乎起雞皮疙瘩。

「做那種事真討厭。妳都那樣弄？」

「哎喲，老師，人人不都是這樣？」

「……」

「如果有毛，老師，您摸了會噁心吧。」

「……」

「我是女的，所以還是……」

惠子說是因為音子會觸摸才除毛。雖然音子是女的，惠子還是期望自己有一身女人光滑細膩的肌膚。音子看到她除毛時產生的厭惡，以及惠子言詞之間流露的情感，令她幾乎窒息。刺鼻的惡臭在惠子去浴室沖洗後依然殘留。

惠子回到音子身旁後，

「老師您摸摸看。變得滑溜溜喔。」她伸出腿撩起衣襬，但音子只是垂眼瞄了一下惠子雪白的腿，並未伸出手。惠子自己用右手撫摸小腿，

「老師，您為什麼一臉為難？」她看音子的眼神似乎是覺得音子也太後知後覺了。音子閃避她的注視。

「惠子，下次請妳在我看不見的地方弄。」

「我不想再對老師隱瞞任何事。我已經沒有任何事情瞞著老師了。」

「可是，也用不著讓我看見我討厭的事情吧。」

「這種事，老師看慣之後根本不算什麼。就和剪腳指甲一樣。」

「在別人面前剪指甲、磨指甲，太不檢點了。妳剪下的指甲會亂飛……剪指甲時要用手擋著免得指甲亂飛。」

「是。」惠子老實點頭。

可是後來，惠子雖未故意讓音子看見她給手腳除毛，但也沒有躲起來弄。而音子也始終沒有如惠子所言看習慣這件事。惠子不知是換了別種脫毛膏還是同樣的脫毛膏經過改良，味道已經沒有之前那麼臭，但惠子除毛的樣子還是讓音子覺得噁心。抹去小腿和腋下塗的藥膏後，毛也跟著脫落的樣子讓音子實在看不下去。她只好起身去看不見的地方。但是厭惡的背後有火焰忽閃忽滅，一再出現。那火焰遙遠又微弱，心靈之眼幾乎難以捕捉，卻沉靜潔淨得完全不像慾念。之所以沉靜潔淨，是因為想起了二十幾年前的大木年雄，以及少女時代的音子自身。音子看到惠子除毛，在厭惡之中，肌膚也直接感到女人與女人的情慾交流，這種時候還不及反省就先感到作嘔，但奇妙的是，只要想起大木就會平息那種噁心。

被大木抱時，音子完全沒想過自己的腋毛。再者，也沒想過身為男人的大木有沒有那種東西，肌膚相親時似乎也沒感覺到。或許可以說是因為當時根本不清醒吧。相較之下，面對惠子時，音子已游刃有餘，對中年的情事駕輕就熟。十七歲被迫與大木分手後到接觸惠子為止，中間音子一直是獨守空閨，但惠子讓她發現，就算在那期間，自己也已逐漸成為成熟的女人，令音子自己都有點驚訝。如果接觸的不是惠子這個女人而是男人，音子一直藏在心底深處的那個愛過大木的自我神聖形象，恐怕會立刻瓦解。

音子被迫與大木分手後曾經自殺未遂，如果當時死了，短暫的生命想必很純淨，這個想法，始終留在音子心中，並未喪失真實感。在自殺未遂之前，在嬰兒夭折之前，如果先死於生產，就不會被關進醫院的精神病房鐵窗內，想必會更純淨。這樣的念頭雖只是涓滴細流，但長年累月下來，已經淨化了大木帶給她的傷害。

「妳可愛得令我自慚形穢。難以想像人生竟能擁有這奇蹟之愛。如此幸福的報應，恐怕只有死刑吧。」大木這番甜言蜜語，至今仍未從音子心中消失。那種說話方式絲絲縷縷纏綿不絕，有時甚至讓人覺得，大木的小說《十六、七歲的少女》中的對話，如今已脫離作者大木和模特兒音子，成了這世間永恆不滅的話語。換言之，昔日相愛的音子和大木或許皆已不在，那份愛卻在文學作品中永存不朽，音子在哀愁之中，也有這樣的安慰和感傷。

音子的母親留下刮臉的剃刀。沒有汗毛的音子，一年都用不到一次，但她偶爾會突然想起，用母親的剃刀剃後頸和額頭、嘴邊。某天，她頭一次撞見惠子除毛，突然說，

「惠子，我幫妳剃。」說著從梳妝檯取出母親的剃刀。惠子看到剃刀，慌忙逃走，

「我不要，老師，我害怕，我害怕。」

她越跑音子就被誘引得越想追上去。

「絕對不危險啦。乖，讓我幫妳剃。」

惠子被抓到後沒有反抗，不情不願地被帶回梳妝檯前，但音子給惠子的手臂抹肥皂放上剃刀時，發現惠子的指尖微微顫抖。惠子居然會因為這種事發抖，令音子大感意外。

「沒問題啦，一點也不危險，妳別動，不要抖……」

然而，惠子的不安與畏懼刺激了音子。那是一種誘惑。音子也繃緊身子，胸部至肩頭忍不住用力。

「腋下妳會怕，我就不剃了。至於臉……」音子說。

「請等一下。讓我喘口氣。」原來惠子一直憋著氣。

音子剃了惠子的眉毛上方，又剃了嘴唇下方。惠子在剃額頭時始終閉著眼。惠子把腦袋的重量，放在音子按著惠子後頸的那隻手上，不自覺變成仰臉的姿勢。細長的脖子吸引音子的目光。那一點也不像惠子的個性，是脆弱、溫

婉、優美、清純的脖子。閃耀青春的光彩。音子不由停下剃刀，於是惠子睜開眼說，

「您怎麼不剃了，老師？」

因為音子突然想到，剃刀如果刺進這纖弱的脖子，惠子就會死。在這瞬間，可以輕易利用最柔弱之處殺死惠子。

音子的脖子或許不像惠子的那麼美，但少女時代也曾纖細嬌弱，被大木的手臂摟著，說道：「我喘不過氣……會死。」卻被勒得更緊，差點窒息。

那種窒息感此刻重現心頭，看著惠子的脖子，音子幾乎暈眩。

音子幫惠子剃毛僅此一次。後來惠子不願意，音子也沒有勉強她。每次拉開梳妝檯抽屜要用梳子之類的東西時，母親的剃刀就會映入眼簾。音子也會想起，曾有一抹殺意在瞬間閃現。萬一那時真的殺死惠子，自己理所當然也得死吧。殺意微弱得甚至算不上隨機出現的殺人魔，事後卻也不免感到，或許那是溫柔的殺人魔。那是否也表示又錯失一次死去的機會呢？

那種殺意的閃現，音子知道，潛藏著她與大木遠去的愛。那時，惠子還沒

見過大木。尚未介入音子與大木的愛。

可是現在，聽到惠子說她和大木去江之島的飯店投宿，音子與大木的舊情，似乎在音子內心點燃怪異之火。然而，音子也在那烈火之中看見一朵白蓮冉冉浮現。即便是惠子或任何事物都無法玷汙她與大木的愛，那想必是幻影之花。

——音子的心靈之眼雖看見白蓮，視線卻移向禊川映現的木屋町的茶屋燈火。她垂眼俯視片刻。然後，遙望祇園後方晦暗的連綿東山。山的線條徐緩圓潤，但山中蘊藏的夜色似乎正朝音子悄悄流淌而來。對岸的河邊道路穿梭的車燈，河中步道的成群約會情侶，這邊河岸成排的茶屋露臺燈光和客人……那些景象若隱若現，東山夜色在音子的內心蔓延。

「立刻描繪嬰兒升天吧。趁現在就畫。不趕快動筆或許就畫不出來了。縱使將來能畫，恐怕也已是不同的東西。失去了愛與哀愁之念……」音子在心中呢喃。突如其來的強烈衝動，或許是因為看見火中的蓮花？

在那種純粹的心靈衝動下，惠子這個女孩彷彿也是火中蓮。火中為何會開出雪白的蓮花？白蓮花在火中為何沒有枯萎？
「惠子。」音子呼喚。「妳的心情變好了？」
「如果老師的心情變好了，那我最開心。」惠子討好似的回答。
「到目前為止，妳最難過的事情是什麼……？」
「是什麼呢……」惠子隨口回應音子的問題，
「太多了，我不知道。我先全部回想一下，晚一點再告訴您。不過，我的傷心很短暫。」
「很短暫？」
「對。」
音子凝視惠子的臉，沉聲說，「今晚我只想拜託妳一件事。我希望妳不要再見鎌倉的人。」
「您是指大木老師？還是他的兒子太一郎？」
這意外的反問，刺痛了音子。
「兩人都不要見。」

「我只是想替老師復仇才見他們。」

「妳又說這種話。妳這人，真是可怕得叫人傻眼。」音子的臉色都變了，不知從何而來的淚水忽然間幾乎濡濕眼眶，她連忙閉上眼。

「老師膽子真小，膽小鬼……」

惠子說著起身，繞到音子身後，雙手按著她的肩，把玩音子的耳朵。音子默不作聲，耳中彷彿聽見滔滔流水。

千髮絲

「天啊，老公，老公。」妻子從廚房喊大木。

「好大一隻老鼠先生，躲在瓦斯爐臺下。」

「是嗎。」

「好像還帶著小老鼠先生。」

「是嗎。」

「啊！老公，剛才要是你也看到就好了……」

「……」

「就在剛才，小老鼠先生露出那可愛的小臉蛋……」

「嗯哼。」

「還用黝黑發亮的漂亮眼睛看著我。」

「……」

大木在起居室看早報，這時飄來味噌湯的香氣。

「哎喲，漏水了。就在廚房上方。老公，你聽見了嗎？」

起床時開始下的雨，突然變成滂沱大雨。同時也有風吹得小山上的樹林和竹林搖動，轉眼已繞向東邊吹來，雨也橫掃而來。

「聽不見，外面風雨太大了……」

「你不過來看看？」

「嗯。」

「雨滴先生也砸落在屋頂的瓦片上，縮小身子鑽過狹小的縫隙，掉在天花板上，想必很痛吧。淚滴形的雨滴先生，該不會變成真正的眼淚在哭泣吧。」

「是啊。」

「今晚放個捕鼠籠吧。我記得捕鼠籠就放在儲藏室的架子上。我太矮了拿不到，老公，待會你去幫我拿下來。」

「就算把老鼠先生一家都抓進籠子裡妳也不在乎？」大木依然盯著報紙，

慢條斯理地回答。

「漏水怎麼辦？」文子說。

「要看是什麼程度。該不會是風雨造成的吧。明天我就爬上屋頂檢查一下。」

「那多危險，你年紀大了……屋頂還是讓太一郎上去吧。」

「誰年紀大了？」

「五十五歲的話，在公司或報社不是該退休了嗎？」

「這倒是好主意。我也退休吧。」

「請便，隨你高興……」

「小說家到底該幾歲退休呢？」

「到死都不會。」

「妳說什麼？」

「對不起。」文子道歉，但她用一如既往理所當然的聲調說，「我的意思是說你還可以寫到很久很久以後。」

「這種期待我可承受不起，對象是老婆就更不用說了……簡直像是魔鬼揮舞燒紅的鐵棍站在我後面。」

「你越來越會騙人了。我什麼時候鞭策過你……？」

「哼。不過，倒是妨礙過。」

「妨礙？」

「各方面。嫉妒也算。」

「女人天生就會嫉妒，不過拜你所賜，我打從年輕時，就知道那是良藥苦口的毒藥，藥性強烈。」

「……」

「也領悟那是雙面刃的妖刀……」

「傷人傷己……」

「無論你發生什麼事，事到如今我都不可能離婚也不可能殉情自殺。」

「我可不想老年離婚，但老人自殺是最大的悲哀。每次看到報上出現這種新聞，比起年輕人憧憬著小情侶攜手殉情，看到老人自殺的新聞感同身受的老人想必更痛切吧。」

「那是因為你曾經痛切考慮過殉情自殺這件事……雖然那是很久以前，年輕時的事了……」

「……」

「可是，你不惜一起赴死、渴望一起死的痛切心情，對方那個少女似乎並未明確接收到。如今想想，或許該通知她一聲才對。那個女孩雖然自殺了，但她想必做夢也沒想到你願意一起殉情吧。這樣多可憐啊。」

「她沒有自殺。」

「雖然是自殺未遂，但她是認真的，不也等於自殺了嗎？」

文子分明是在說音子，但她似乎放了豬肉在炒高麗菜，只聽見平底鍋響起滋滋油聲。

「味噌湯煮過頭了。」大木說。

「好好好，我知道。我就是拿味噌湯沒轍……為了味噌湯，這麼多年來，不知挨罵過多少次了。因為你從各地訂了各種味噌來……」

「……」

「你一定是想把黃臉婆熏得滿身味噌味吧。」

「妳知道用敬語說味噌湯時漢字該怎麼寫嗎？」

「用平假名就行了吧。」

「正式寫法有三個御字，寫成『御御御付』。」

「噢？跟御御御足[1]一樣。」

「自古以來，這是足以連用三個御字的貴重料理，火候很難拿捏。」

「御御御付使用的御味噌，今早小的沒有好好煮出恰到好處的御風味，想必御心不悅吧。」

文子連講到老鼠和漏水都動輒使用敬語，不時藉此調侃丈夫。來自鄉下的大木到現在都無法正確寫出東京腔的敬語，一旦開始遲疑就越發不確定，有時會去問東京長大的文子，但也有時不想乖乖聽從妻子的指點，雙方就會從囉唆

1 御御御足，正確寫法應是御御足。女性用語，對別人雙腳的敬稱。

的議論演變成無止境的吵架，大木宣稱東京腔不是標準語，是底蘊淺薄的低俗方言、鄉下腔。關西腔不管怎麼講別人的壞話，幾乎也習慣使用敬語，東京腔講別人的壞話時卻粗俗無禮。總之關西腔就連提到魚蝦蔬菜、山川、房屋道路乃至日月星辰天氣都用敬語，這點大木堅持不對妻子妥協。

「既然你這麼說，那你直接去問太一郎不就好了。太一郎不是國文學者嗎。」最後文子不耐煩地放棄。

「太一郎懂什麼。那小子或許勉強算是國文學者，但他根本沒有研究過敬語的文法。那小子和其他學者的對話，基本上就雜亂無章又低俗，叫人聽都聽不下去。那小子的研究報告和評論，也寫不出像樣的日文。」

然而，大木寫東京腔時，與其說懶得找兒子詢問或請教，毋寧是厭惡。問妻子比較輕鬆又親密。可是身為東京人的文子，被大木問起敬語時，也被搞糊塗了。

「國文學者之中，能夠寫出日文格調端正又通順的，或許只有老一輩漢文功底深厚的人，我得稍微提醒一下太一郎……」

「那本來就和一般人聊天的說詞不同嘛。對話中出現的奇怪新名詞，每天都像小老鼠一樣不斷誕生，把重要的東西也毫不在乎地啃得亂七八糟，變化的速度快得眼花撩亂……」

「所以壽命短暫，即使倖存也已落伍……就跟我們的小說一樣。少有能夠維持五年的。」

「這種流行語，如果能活到明天，已經算很好了吧。」文子說著，把早餐端來起居室。然後不動聲色地說，

「我的壽命也是，從你不惜和那位小姐殉情的時候到今天，虧我還能夠活著。」

「這大概是因為當老婆的沒有退休的時候吧。真可憐……」

「但是可以離婚……一生只有一次也好，我原先還真想嚐嚐離婚的滋味。」

「現在也不晚。」

「我已經不想了。機會之神後面的頭髮大概都已禿掉抓不住了。」

「妳的頭髮倒是很茂密，連白頭髮都沒有。」

「你的額頭已經開始禿了，連機會之神的前髮都抓不住了。」

「我的前髮是為了出把力防止離婚才犧牲的。因為沒見過這麼愛吃醋的老婆……」

「我會生氣喔。」

一邊這麼鬥嘴，中年夫妻一如往常地吃著一如往常的早餐。文子看起來甚至心情很好。雖然剛剛的對話的確又讓她想起《十六、七歲的少女》的音子，但她今早好像並不打算把那段過去挖出來翻舊帳。

狂風暴雨也已過去，似乎恢復靜謐。但是並未雲破天開露出陽光。

「太一郎還在睡嗎？去把他叫起來。」大木說。

「好。」文子點頭，「不過我叫了他也不會起來。他只會對我說，學校已經放暑假了，求我讓他多睡一會……」

「他今天不是要去京都嗎？」

「在家吃過晚飯再去機場就行了。」

「……」

「京都那麼熱，他去做什麼？」

「妳自己問太一郎不就得了。據說是忽然又想看位於二尊院後山的三條實隆的墳墓。他似乎打算以《實隆公記》為中心做研究，寫學位論文……。實隆這個人妳知道嗎？」

「是公卿貴族吧？」

「當然是公卿貴族。應仁之亂時，也就是足利義政掌權的東山時代，他是官至內大臣的公卿，但他和連歌師[2]宗祇等人也很親近，算是亂世之中努力保護文學和藝術的大臣之一吧，死後留下《實隆公記》這龐大的日記。據說個性也相當有趣。太一郎大概要以《實隆公記》為主，調查所謂的東山文化吧。」

「是嗎？二尊院在哪裡？」

「在小倉山的……」

---

2 連歌師，連歌是日本傳統詩歌的形式之一，連歌師專門指導寫連歌，或者主持連歌會。

「小倉山又是哪裡來著……你好像帶我去過吧。」

「很久以前去過。不就是《小倉百人一首》[3]的小倉山山腳嗎。附近有各種藤原定家的傳說之地。」

「對了，是嵯峨吧。我想起來了。」

「太一郎說也會搜集足以成為小說的軼事和瑣碎小事，建議我寫成小說。他說那都是瑣碎小事。太一郎說那些無關緊要的瑣碎小事，多半是憑空捏造，或是被加油添醋的傳說，可以讓小說的某部分更生動，聽他那種口氣，好像儼然已以學者自居。」

文子沒有發表意見，只是不由點頭附和，浮現若有似無的溫暖笑意。

「去把那位學者先生叫起來吧。」大木說著起身。「哪有老爹都已經坐在桌前開始工作了，兒子還在睡懶覺的道理。」

「好。」

大木年雄走進書房獨處後，又想起剛才開玩笑提到的「小說家退休」，這次是不開玩笑地認真思考，他不禁在桌前托腮沉思。洗手間傳來漱口聲。太一郎邊拿毛巾擦臉邊走進來了。

「怎麼這麼晚。」父親責備。

「我早就醒了，只是躺在被窩裡天馬行空地幻想。」

「幻想……？」

「爸，和宮[4]公主的陵墓被發掘出來了您知道嗎？」太一郎說。

「和宮殿下的陵墓被挖了？」

「要說是挖，也算是挖吧……」太一郎像要安撫父親似的驚呼，「是進行發掘。為了學術調查，不是經常發掘古墳嗎？」

「嗯，可是，和宮殿下的墓應該不算是什麼古墳吧。她是什麼時候過世的來著……」

---

3 《小倉百人一首》，據說是藤原定家於京都小倉山莊，從百位歌人各選一首和歌編成的作品集。

4 和宮，仁孝天皇的第八個女兒，兒時與有栖川宮定親，後來因幕府的政策，於十六歲時下嫁江戶幕府第十四代將軍德川家茂。

「一八七七年。」太一郎明確地回答。

「一八七七年……？那不是還不滿百年嗎？」

「是的。不過，據說和宮殿下已完全化為白骨。」

「……？」大木蹙眉。

「枕頭和衣物都已消失，也沒有任何看似陪葬品的東西，據說只剩下白骨。」

「太慘了吧，被那樣挖出來……」

「據說就像玩累的小孩在打盹，姿態天真美麗。」

「你說白骨……？」

「對。白骨的頭部後方，有一撮剪下的頭髮，據說是彷彿能感受到芳華早逝的女子高貴氣質的黑髮。」

「你剛剛說你在幻想，就是對那白骨的幻想？」

「是的，但不只是對那白骨的幻想。那具白骨背後，有個美麗、妖異、虛幻的故事……」

「怎麼說？」大木還是興致缺缺，沒有配合兒子。印象中年僅三十就過世的悲劇性公主，居然被人挖墳翻看白骨，總覺得很無禮令人反感。

「怎麼說啊……說來還真令人意想不到。」太一郎說。「對了，我想讓媽媽也聽一聽，可以把她也喊來嗎？」

太一郎拎著毛巾還站在一旁，大木微微點頭同意。

太一郎很快就一邊高聲說話，帶著母親回到父親的書房。把他剛才和父親說過的話又對母親說了一遍。

大木為求謹慎，還從走廊的書架抽出一本日本歷史大辭典翻到和宮那一頁，此刻正在點菸。

太一郎拿著看似單薄雜誌的東西，大木問他，

「是發掘調查的報告書嗎？」

「不，這是博物館的雜誌。博物館有個姓鎌原的人，以『美豈會消逝』為標題，寫了一篇關於和宮幻想的隨筆。或許沒有放進調查報告書。」太一郎喘口氣後，逐字看著那篇隨筆說。

「在和宮殿下的白骨雙臂之間，發現一塊比名片略大的玻璃板。據說那是墓中唯一放在白骨身邊的東西。當時在進行芝增上寺的德川將軍家墓地的發掘調查，所以也打開了和宮的墓……負責調查染織的人，懷疑那塊玻璃板是懷中鏡或濕板照片，據說用紙包著那個，帶回了博物館。」

「濕板……是玻璃照片……？」母親問。

「對，在玻璃板塗上某種感光乳劑在濕漉漉的狀態下攝影顯像……以前不是有那種照片嗎，就是那個。」

「噢，那個啊？那我也見過。」

「染織學者回到博物館，把那片似乎已變得透明的玻璃板，從各種角度對著光源檢查，據說逐漸看出一個男人的身影……果然是照片沒錯。是個穿武士服戴黑色禮帽的年輕人。雖然身影很淡……」

「是家茂將軍的照片嗎？」大木也被太一郎的敘述吸引，不禁說道。

「是啊。通常都會這麼猜想吧？染織學者也認為和宮殿下是抱著先死的丈夫照片就此化為白骨，所以本來打算隔天就立刻接洽文化遺產研究所，設法用某種方法讓這張照片更清晰。」

「……」

「沒想到，隔天在晨光中一看，那個影像已經消失無蹤。一夜之間，就變成空無一物的玻璃。」

「唉呀。」母親看著太一郎。

「是因為長年埋在土中的東西，接觸到地面空氣和光線吧。」父親說。

「是的。有證人足以證明，染織學者並非心理作用產生幻覺，那真的是照片。因為學者看照片時，警衛正巧來巡邏，學者把照片拿給警衛看，警衛也說，照片上的確有個年輕男人的身影。」

「是嗎？」

「隨筆上寫著，『這是個非常虛幻的故事。』」

「……」

「不過，這位博物館員是文學創作者，並未結束在『非常虛幻』，他還添加了自己的想像。和宮真正愛的人不是有栖川宮嗎？白骨懷抱的照片，該不會不是丈夫家茂將軍，而是戀人有栖川宮吧。和宮臨終時，或許悄悄命令侍女，把戀人的玻璃照片和自己的遺體合葬。那樣子，更適合悲劇的公主。隨筆就是這麼寫的。」

「嗯——是想像吧。如果真的是心上人的照片，從陵墓出土重見天日後，還是一夜之間就消失更感人。」

「隨筆也是這麼寫。那張照片應該保持祕密永遠埋在地下才對。重見天日後一夜之間就消失影像，對和宮殿下而言肯定也是求之不得。」

「是啊。」

「這種須臾消逝的美，作家可以捕捉到將之重現，昇華為雋永的作品——這就是隨筆的結語，爸要不要寫寫看？」

「這個嘛，我應該不會寫。」大木說。「從發掘現場開始寫起，作為一個緊湊的短篇小說或許不錯……不過，有那篇隨筆不就夠了嗎？」

「是嗎。」太一郎似乎若有所憾，「今早，我在床上看了之後，久久沉浸在幻想中，就很想告訴爸爸。請您待會也看一下。」說著把雜誌放到父親的桌上。

「好，我看看。」

太一郎起身要走時，

「那個和宮殿下的白骨……遺骨後來怎樣了？」文子說。「該不會被當成研究材料，拿去大學或博物館那種地方吧。那就太過分了。應該已經重新埋回墓裡了吧。」

「這個嘛，隨筆沒有寫，我也不知道，但我想應該重新放回去了吧。」太一郎回答。

「不過話說回來，抱在懷中的照片消失，遺骨也很寂寞吧。」

「啊，這我倒是沒想到。」太一郎說。「爸，如果是小說，結尾會寫到那個嗎？」

「那樣會流於感傷吧。」

太一郎走出書房。文子也要起身離去，「你要工作了吧。」

「不，聽到那種故事，如果不去散步一下，渾身不舒坦。」大木離開桌前。「放晴了吧。」

「還有雲，不過大雨之後應該很涼快很舒服。」文子說著站在走廊看天空。「你從廚房出去，順便看一下漏水的地方。」

「才剛感嘆和宮殿下的遺骨寂寞，緊接著就叫我去檢查漏水嗎。」

散步的木屐放在廚房門口的鞋櫃。文子邊替丈夫取出木屐並排放好邊嘀咕，

「太一郎提到墳墓，還要去京都看墳墓，這樣真的好嗎？」

「啥？」大木責問，

「怎麼了……這有什麼不好。真是的，妳講話東一槌西一棒的扯太遠了。」

「我一點也沒扯遠。打從聽到和宮殿下的故事時，我就在想太一郎要去京都的事。」

「那是幾百年前室町時代的墓，是三條西實隆等人的墓……」

「太一郎是要去京都見那位小姐。」

大木再次錯愕。文子正蹲身替丈夫併攏木屐，當然是低頭說出太一郎要去京都的事，但她現在一站起來，臉和正要穿木屐的大木靠得很近。文子的雙眼看著大木。

「那個漂亮得可怕的小姐，你不覺得很可怕嗎？」

瞞著妻子和坂見惠子去江之島投宿的大木，一時之間啞口無言。

「我有不祥的預感。」文子說著，眼睛繼續盯著大木的臉。

「今年夏天還沒有打過像樣的雷呢。」

「妳又說出風馬牛不相干的話……」

「今晚如果下起剛才那種暴雨，飛機說不定會遭到雷擊。」

「妳說什麼傻話……在日本，還沒發生過飛機被雷擊的事呢。」

大木像要躲妻子似的離家。那麼大的雨也沒趕走烏雲，陰霾的天幕低垂，濕氣很重。不過，天空就算是晴朗的，大木想必也沒心情仰望天空。大木滿腦子都是兒子去京都見惠子這件事。雖然無從確定是否真的是去見她，但是意外地被妻子這麼一說，他開始相信兒子一定是去見她。

走出書房說要出去散步時，他本來打算去北鎌倉眾多古寺的某一處，但妻子詭異的言詞令他打消念頭。想到那裡有墳墓，現在他很排斥。大木走上離家很近的雜樹林小山。雨後的夏樹和山間泥土的氣息撲面而來。自己的身體被樹葉完全遮蔽後，惠子的身體就逼近腦海。

對於惠子美麗的身體，首先鮮明浮現的是乳頭。那是桃紅色，看似透明的桃紅色乳頭。日本人雖是黃種人，有些女人的雪白膚色卻比白種人更細膩光滑。那樣的雪白肌膚彷彿從內側照亮女人這種生物。或許比西方少女微帶粉色充滿光澤的白皮膚更微妙。就算是未婚少女的乳頭，恐怕也沒有任何國家的女人有這種桃紅色。那種桃紅色，蘊含著說不清是什麼顏色、若有似無的色彩。惠子的膚色不算白，乳頭卻有種洗淨濡濕的桃紅色。略帶小麥色的胸脯彷彿綴著花苞。沒有醜陋的細紋和疙瘩。含在嘴裡與其說小得可憐，更像是恰到好處的嬌小。

然而，大木首先想起惠子的乳頭，不只是因為那種美。在江之島的飯店，惠子允許他碰右邊的乳頭，卻避開左邊的乳頭。大木想碰左邊，惠子就用手掌緊緊摀住。大木握住她那隻手拉開，惠子就扭身幾乎跳起來。

「不要，不要，放過我，放過我……左邊不行……」

「啊？」大木停手。

「為什麼左邊不行？」

「左邊出不來。」

「出不來……？」惠子的話把大木搞糊塗了。

「不好啦。不要。」惠子的呼吸依然紊亂。這句話也令大木當下一頭霧水。

惠子說「出不來」，是指乳房什麼東西出不來？「不好」又是什麼不好？意思是說左乳頭乾癟凹陷沒有挺起嗎？還是形狀扭曲畸形？惠子是否想太多把那視為一種殘疾？抑或，被看到左右乳頭的形狀不對稱，年輕女孩大概難為情羞於見人吧。大木現在才察覺，剛才惠子被抱起來放倒，胸和腿都蜷縮成一團時，惠子好像也曲起左肘更用力地壓著左乳。不過，在那之前和之後，大木都見過惠子的胸部和雙乳。儘管不曾刻意檢查兩個乳頭的形狀差異，但是如果左邊乳頭的形狀真的很奇怪，大木應該會注意到才對。

事實上，大木用力把惠子的手拉開一看，左邊乳頭也的確沒有任何異常。如果仔細檢視，頂多只覺得左邊乳頭好像比右邊的小一點。左右乳頭略有差異，對女人來說並不罕見，惠子為何如此刻意迴避左邊？

被她這樣遮遮掩掩抗拒，反而更想碰觸，大木一邊強烈尋求左邊乳頭一邊說，

「左邊只能給一個人碰？有那樣的對象？」

「不是那樣。沒有那樣的人。」惠子搖頭否認。她睜著眼定定仰望大木。離大木的臉太近，所以看不清楚，但她眼中的水光就算不是眼淚，也是哀色。至少，不是正接受愛撫的眼神。不過，惠子立刻閉眼，放棄掙扎地把左乳任由大木擺布。然而，那看起來像是「絕望地認命」。大木見她如此不禁鬆手，惠子立刻覺得很癢似的扭胸一陣波濤起伏。

難道惠子的右乳是半處女，左乳是處女？大木能看出，惠子左右乳的感覺不同。也難怪惠子會說左邊「不好」。如果是第一次接受男人愛撫的女孩，這

是相當大膽的傾訴。再者，就年輕女孩而言或許也是非常狡猾的企圖吧。男人肯定會更加受到誘惑，決心要靠自己的本領，讓女人的左右乳能夠感受到同樣的歡愉。哪怕那種差異是天生的，無藥可醫，但正因女人的異常是異常，反而會刺激男人留下印象吧。大木也從未遇過左右乳頭的感受差異如此之大的女人。

女人們當然各有敏感點和喜歡被碰觸的方式，甚至人人不同，但是會像惠子這樣左右差異如此明顯嗎？事實上，一個女人的喜好往往是男方的喜好，換言之，是男人的習慣把女人調教成那樣。若真是如此，惠子冷感的左乳頭，反倒令大木倍感魅惑。而惠子左右乳的差異，想必是某個對女人不熟練的人造成的。惠子的一邊乳房不還留著童貞嗎？那左乳頭格外刺激大木。不過，要讓左右均一，必須經過多次調教，想必也很耗時。大木今後是否有那麼多機會經常見到惠子都很難說。

更何況，今天第一次抱惠子，就不顧她的抗拒強求左乳頭也是愚蠢的舉動。大木已經避開那裡，轉而尋找惠子身上她喜歡的敏感點。他找到了。然

後，就在動作將要變得激烈時，

「老師，老師。上野老師。」惠子呼喚音子的聲音令大木驀然回神，被徹底鎮住了。惠子抽身退開，恢復正經地站起來，在梳妝檯前重新梳理亂掉的頭髮。大木甚至無法回頭朝那邊看。

又變大的雨聲令大木陷入孤獨。孤獨是多麼任性啊。

「老師，可以什麼也不做地抱著我睡覺嗎？」回到大木面前的惠子柔聲撒嬌，從下方探頭窺視大木的臉。

大木伸長左臂摟著惠子的脖子，不發一語。關於音子的回憶不斷浮現。依偎身旁的卻是惠子。過了一會，大木冷不防說道，

「我聞到惠子的味道。」

「我的味道是什麼……？」

「女人的味道。」

「噢？應該是因為太悶熱……您不喜歡吧。」

「不。不是因為悶熱。是女人的香氣……」

被不討厭的男人擁抱片刻後，女人的肌膚就會自動散發那種香氣。就算是少女，女人自己似乎也無法壓抑那種味道。那不只刺激男人，也會讓男人安心滿足。想必是女人願意以身相許的心意，自體內散發而出。

大木不便這麼挑明，為了讓惠子自己醒悟身上散發的是香氣，把臉湊近惠子的胸部。不過，惠子呼喚音子後，大木籠罩在惠子的氣味中，只是安靜地閉著眼。

因為有過那種事，此刻大木站在雜樹林中，就算惠子的身體浮現，最後殘留的影像，還是惠子的乳頭。不，與其說殘留，不如說只有惠子的乳頭嶄新又鮮明地出現。

「不能讓太一郎見惠子。」大木堅決地自言自語。「絕對不能讓他們見面。」

大木用力抓住身旁雜樹的樹幹。

「該怎麼做才好。」他搖晃樹幹。或許是樹葉上還有一些雨滴，頓時落到大木的頭上。泥土似乎也殘留濕氣，木屐的前端已經濕了。大木望著四周淹沒自己的綠葉。蓊鬱如華蓋的綠意，令他有點窒息。

為了不讓太一郎在京都見到惠子，大木除了將他曾與惠子在江之島的飯店共宿一事告訴兒子已別無他法。如果不願說出此事，那就聯絡音子，或者直接拍電報給惠子吧？

大木匆匆返家後，

「太一郎呢……？」他問文子。

「太一郎去東京了。」

「東京？現在去？不是晚上的飛機嗎？他會先回家一趟再去嗎？」

「不。他是在羽田機場搭機，回來再出門太麻煩了吧。」

「……」

「他說出發之前要先去大學研究室，所以提早出門了。他說想把放在研究室的資料帶一點過去……」

「太可疑了吧。」

「你怎麼了？臉色很糟。」

「……」

大木迴避文子的注視，走進書房。他沒能告訴太一郎，也沒有打電報給音子或惠子。

太一郎搭乘六點的飛機去了大阪。在伊丹機場，惠子獨自來接他。

「這真是不好意思……」太一郎困窘地打招呼，「沒想到妳會來接我。不好意思。」

「你不說謝謝？」

「謝謝。不好意思。」

看到太一郎眼中神采飛揚，惠子溫婉地垂下眼。

「妳從京都來？」太一郎還不太自在。

「對，從京都來……」惠子溫聲回答後，「我本來就住在京都。不從京都來，要從哪來？」

「不是。」太一郎也對她一笑，望著惠子直到看到她的腰帶，

「妳今天漂亮得耀眼，讓我懷疑自己的眼睛，真的是來接我這種人嗎。」

「你是指和服……？」

「對，和服和腰帶都漂亮，還有……」太一郎很想說，頭髮和臉孔也是。

「夏天我覺得整整齊齊地穿和服繫上腰帶更涼快。我討厭天熱時那種鬆垮的穿衣方式。」

不過話說回來，惠子的和服與腰帶似乎都是嶄新的。

「夏天我喜歡打扮得樸素點。這條腰帶很樸素吧？」

惠子跟在緩緩走向領取托運行李處的太一郎身後，一邊說道。

「這條腰帶，是我自己畫的。」

太一郎轉身。

「你覺得看起來像什麼？」惠子問。

「不知道。是水嗎？河流？」

「是彩虹。無色的彩虹……只有墨色濃淡不一的曲線，或許誰也看不出來，但我自己是覺得把夏日彩虹纏裹在身上了。這是近傍晚時山邊出現的彩虹。」惠子轉過身，給他看絲綢圓腰帶的後方。鼓形腰帶結上有綠色山巒起伏。還渲染淡淡的茜紅色，大概是黃昏的晚霞。

「前後並不協調。是怪女孩畫的，所以是怪腰帶。」惠子依然扭身看著後方說。太一郎的目光被渲染的茜紅色，和後面頭髮梳起露出的細頸膚色給吸引。

去京都的客人，可享受日本航空的服務，由計程車免費送至御池通的日航事務所。前一輛車有四個客人匆忙共乘，太一郎正在遲疑時，又派來另一輛車，他和惠子正好可以獨享二人世界。車子出了機場後，太一郎這才察覺似的說，

「這個時間勞駕妳從京都過來，惠子小姐，那妳還沒吃晚餐吧？」

「討厭，幹嘛說話這麼客套。」

「……」

「我今天中午也沒胃口。還是等到了京都再吃吧。一起吃。」然後，惠子悄聲說，

「我啊，打從太一郎從飛機出口一出來，就看到你了。你是第七個出來的

吧。」

「第七個……？我是第七個嗎？」

「是第七個喔。」惠子明確地重述，「因為你下飛機時只看著自己的腳下。根本就沒看我這邊。如果覺得有人來接機，無論是誰，都會在一腳跨出飛機時，就立刻把目光轉向來迎接的人群……可你始終低著頭，心不在焉地走路。害我都不好意思說自己是來接人的，很想躲起來。」

「我只是沒想到妳會老遠來到伊丹。」

「為什麼？那你為什麼要在限時信上提到班機時間？」

「大概只是打算證明我的確要來京都吧。」

「你的來信簡短得像電報，除了班機的時間，什麼都沒寫。我還以為你在試探我。你是在試探我會不會來伊丹接機吧？明知被試探，可我還是來了。」

「怎麼會是試探……如果是試探，應該像妳說的那樣，一走出飛機，就立刻搜尋妳來了沒有。」

「你也沒寫到了京都要住哪裡，如果不來接機，我怎麼跟你碰面？」

「我……」太一郎結巴了。「我只是，想通知妳一聲，讓妳知道我來京都了。」

「討厭啦，我最討厭這樣……到底是怎樣，都不說清楚。」

「我本來打算，說不定會打電話給妳。」

「說不定……？那你也說不定會不見我就直接回北鎌倉？只是想讓我覺得你在京都？那封限時信，是為了戲耍我，讓我丟人現眼？你來了京都，卻連一面都不肯見……」

「不，我是為了讓自己有勇氣見妳，才寄出限時信。」

「見我需要勇氣……？」惠子甜美的呢喃，吐露她的驚訝。「我可以感到高興嗎？還是該難過？到底是哪一種？」

「……」

「算了，你不用回答……幸好我來接機了。雖然我並不是見一面還需要勇氣的那種女孩……我只是一個有時候很想死的女孩。你可以踐踏我，也可以把我一腳踹開。」

「妳突然說這什麼傻話。」

「並不突然。我本來就是這樣的女孩。最好有人戳破我的自尊心。」

「我好像不是那種會傷害別人自尊心的人。」

「看起來是，但那樣不行……你可以狠狠踐踏我沒關係喔。」

「妳為什麼要這麼說？」

「不為什麼……」風從車窗吹入，惠子一手輕輕壓住頭髮，「或許是因為我難過吧……剛才，你下了飛機後，不是就神色憂鬱地低著頭，一路走到等候室嗎。是什麼讓你心情低落？來接機、等候你的這個我，並不在你的心中吧？」

不是那樣。太一郎其實是一路想著惠子走過來的。然而，他無法這麼告訴惠子。

「就算是那種小事，我也會很難過。是我太任性了……我該怎麼做，才能讓太一郎先生意識到，世上有惠子這個女孩呢？」

「我一直想著妳喔。」太一郎的聲調僵硬。「此刻也是……」

「此刻也是……」惠子低語。「此刻也是啊。待在你身旁真不可思議。因為不可思議，所以我已經詞窮了。你隨便說句話吧……」

車子經過茨木市和高槻市等地的新工廠之間。山崎一帶的山中，三得利工廠的燈光遙遙浮現。

「這趟飛機飛得平穩嗎？」惠子問。「京都傍晚有午後雷陣雨，我之前還在擔心呢。」

「沒有到搖晃不穩的程度，不過看起來好像快撞山，還蠻可怕的。從窗口看出去，彷彿有黑壓壓的山脈聳立，飛機即將撞進去。」

惠子的手伸過來摸索太一郎的手。

「是烏雲看似高山。」太一郎說，手背在惠子的手心底下動也不動。惠子那隻手也久久不動。

車子駛入京都市區。沿著五條通向東轉。沒有清風足以晃動垂柳，但或許是因為下過陣雨，不算太悶熱。路旁成排垂柳的翠色，綿延直到夜色漸暗的道路遠處，更遠方是東山。雲層低垂的夜晚，山與天空幾乎無法清楚區分。不過，在這五條通的西端附近，太一郎已經感受到京都風情。

沿崛川上行，抵達御池通的日航事務所。

太一郎在京都飯店已訂妥房間，因此他說，

「我先去飯店放行李再說。就在前面不遠，我們用走的過去吧。」

「不要，我不要。」惠子搖頭，坐上停在日航前面的計程車，催促太一郎。

「去木屋町，北上三條。」她對司機說。

「途中麻煩在京都飯店停一下。」太一郎這麼拜託司機，卻被惠子打斷，

「不用了，不用繞去飯店，直接去木屋町。」

木屋町的小茶屋，位於狹仄的巷弄深處，對太一郎而言很新鮮。被帶進的四帖半包廂面向鴨川。

「這裡真好。」太一郎的目光被鴨川吸引，「惠子小姐，妳還知道這種地方啊。」

「這是老師常來的地方。」

「妳說的老師，是上野女士？」太一郎轉頭面對她。

「對，是上野老師。」惠子邊回答邊起身走出了包廂。太一郎猜想，她大概是去點餐。過了五分鐘，惠子回到包廂一坐下就說，

「如果不介意，請留在這裡過夜。飯店的房間我已經打電話幫你取消了。」

「啊？」

太一郎錯愕地凝視惠子，惠子只是溫順地一逕垂眼，

「對不起。因為我很希望太一郎先生待在我熟悉的地方。」

太一郎啞然。

「拜託，請住在這裡。你在京都只能停留兩三天吧？」

「對。」

惠子抬起眼。她完全沒畫眉毛，短短的眉毛整齊劃一，線條纖細可憐，在黝黑的雙眼上方顯得很稚嫩。眉毛似乎比睫毛的顏色還淺。口紅好像也只是薄薄塗了一層淺色，但是不大不小的嘴唇，形狀姣好得簡直難以置信是嘴唇。也

看不出塗抹粉底和腮紅的痕跡。

「討厭，幹嘛這樣盯著我？」惠子眨眼問。

「因為妳的睫毛很濃密……」

「我沒有戴假睫毛喔。不信你可以拉拉看。」

「真的讓人很想拉扯看看呢。」

「可以啊，請便……」惠子說著閉上眼，把臉湊近，「因為睫毛很翹，所以看起來或許比較長。」

惠子一臉等待的模樣乖乖不動，太一郎卻不敢拉扯她的睫毛。

「妳把眼睛睜開。稍微向上看，眼睛睜大一點。」惠子照著太一郎說的做，

「是要我正面注視太一郎先生嗎……？」

女服務生送來日本酒和啤酒還有下酒菜。

「你喝清酒？還是啤酒？」惠子肩膀放鬆，說道。「我不能喝酒。」

面對露臺的紙拉門半開半閉看不見，不過那裡有幾個客人似乎喝多了，還

有藝妓陪席，聲音越來越大。底下的河道有走唱的胡琴師接近，頓時一片安靜。

「你明天要做什麼？」惠子問。

「先去二尊院，參觀後山的墓地。是三條西家的墓，是很好的墓喔。」

「墓地……？那我可以陪你去。你帶我去琵琶湖吧，我想坐快艇。不急在明天去也沒關係。」惠子看著電扇那邊說。

「快艇啊。」太一郎似乎有點遲疑，「我沒坐過，不會駕駛。」

「我會。」

「惠子小姐，妳會游泳嗎……？」

「你是怕快艇翻覆？」惠子說著注視太一郎。

「到時候就要靠你救我了。你會救我吧？我會緊緊抓著太一郎先生。」

「不能緊抓著。如果被抓得太緊，就無法救人。」

「不然應該怎麼做？」

「我應該會摟著妳吧。從妳身後，把雙臂伸到妳的腋下……」太一郎說著，彷彿覺得刺眼似的瞇起眼轉移視線。在水中摟著這美麗女孩的感覺湧上心頭。——如果不牢牢摟著惠子浮上水面，兩人的生命都會有危險。

「船翻了也沒關係。」惠子說。

「我可不敢保證能救妳喔。」

「如果無法獲救會怎樣？」

「別談那種話題了。駕駛快艇我也不放心，還是算了吧。」

「絕對不會翻船啦，我想坐。我一直很期待呢。」惠子替太一郎的杯子倒啤酒。

「你不去換上浴衣？」

「不，不用了。」

房間角落放著浴衣。男用的和女用的疊放在一起。太一郎也極力避免把目光對著那邊。包廂無疑是惠子事先訂好的，但是連女用浴衣也有是怎麼回事？

這個包廂沒有套間。太一郎無法在惠子面前脫光衣服換上浴衣。

女服務生送來餐點，但是沒看惠子的臉，也沒吭聲。惠子也保持沉默。

略遠處的下游露臺，開始傳來三弦琴聲。這間茶屋的露臺上，客人喝多了大聲喧嘩，大阪腔的說話聲全都被太一郎二人聽在耳中。胡琴伴奏的走唱藝人感傷的流行歌聲漸漸遠去。

坐在室內看不見鴨川。

「你來京都，老師知道嗎？」惠子問。

「妳說我爸？他知道。」太一郎回答。「不過，他應該做夢也沒想到，妳會來伊丹接我，現在還和妳待在這裡吧。」

「真好玩。太一郎是背著父母，偷偷和我見面啊……」

「我並沒有瞞著我爸……」太一郎結結巴巴，「好像是吧？」

「本來就是。」

「那妳的上野老師呢……？」

「我什麼也沒說。不過，大木老師和上野老師或許都憑著直覺早已看穿了。那樣的話，就更刺激更好玩了。」

「怎麼可能。我的事情，上野女士應該不知道吧。妳跟她說過什麼嗎？」

「我去北鎌倉的府上拜訪後，回來曾告訴老師你帶我遊覽鎌倉。我說我很喜歡你，上野老師當時臉色鐵青。」

「……」

「當年她與大木老師那樣苦戀，你認為上野老師能夠對大木老師的兒子漠不關心嗎？老師被迫與大木老師分手後不久，你妹妹就出生了，上野老師為此很傷心，這件事我也聽老師說過。」惠子黝黑的眼睛發出犀利的光芒，同時臉頰微紅。

太一郎無話可說。

「上野老師現在正在畫〈嬰兒升天〉的畫作。是嬰兒坐在五色祥雲上的模樣，可是老師告訴我，其實這孩子根本不能坐，因為懷胎八個月就早產死掉了。」惠子說到這裡喘口氣，「那孩子如果活著，就會是你的妹妹，對你真正的妹妹來說，是姊姊。」

「為什麼要對我說這種話？」

「我想替上野老師復仇。」

「復仇……？對我爸嗎？」
「沒錯。也對你……」
「……」
太一郎無法順利分開鹽烤香魚的骨頭和魚肉。筷尖似乎很僵硬。惠子把太一郎的那碟香魚拉到自己面前，靈巧地替他抽去魚骨，
「大木老師跟你提過我的事嗎？」
「沒有，他什麼也沒說……我和我爸不談妳的事。」
「為什麼？這是為什麼？」
惠子的追問令太一郎臉色一沉。彷彿被濕淋淋的手碰觸胸口。
「我從沒和我爸談過女人的話題。」最後太一郎不情願地說。
「女人的話題……？這叫做……女人的話題？」惠子浮現美麗的微笑。
「妳說也要對我進行上野老師的復仇，那是怎麼做……？」太一郎語帶乾澀地問。
「怎麼做啊，如果說出來，不就沒戲唱了，總之就是這樣做。」

「……」

「我的復仇，或許就是喜歡太一郎先生吧……」惠子望著遠方彷彿要看對岸的河畔道路，「你覺得這樣很怪嗎？」

「不。讓我喜歡妳，就是妳的復仇……？」

惠子點點頭。如釋重負地放鬆肩膀，坦誠點頭。

「這是女孩子的嫉妒。」惠子咕噥。

「嫉妒……？嫉妒什麼……？」

「因為上野老師到現在還依然愛著大木老師……因為她被害得那麼慘，卻一點也不恨對方……」

「妳那麼愛上野老師？」

「對，愛得要死……」

「我無法替我爸的陳年往事贖罪，但我這樣與妳見面，也和上野老師與我爸過去的孽緣有關？非得這麼想不可嗎？」

「顯然是那樣沒錯。」

「……」

「如果我不在上野老師身邊，對我而言，太一郎先生就等於不存在這世界。想必也不可能與你見面……」

「我討厭那種想法。年輕女孩有那種想法，會被過去陰魂不散地糾纏喔。難怪妳的脖子這麼細。脖子細雖然很美……」

「脖子細，是因為沒有愛過男人……這是上野老師說的。我可不希望脖子變粗。」

太一郎按捺想要出手掐住惠子美麗脖頸的誘惑，

「這是魔鬼的低語。妳陷入咒縛之中了。」

「不，是在愛情之中。」

「上野老師對我一無所知吧。」

「可是，我去北鎌倉拜訪你家回來後，曾對上野老師說，我覺得太一郎先生和令尊大木老師年輕時想必長得一模一樣。」

「不，這妳錯了……」太一郎很激動，

「我並不像我爸。」

「你生氣了？長得像令尊，你不高興？」

「自從在機場碰面，妳對我說了不少謊話吧。妳的謊話讓我糊裡糊塗，摸不透妳的真心。」

「我沒有說謊。」

「那妳天生就是那樣說話的人？」

「你這話太過分了。」

「是妳自己說，我踐踏妳也沒關係。」

「你以為如果不被踐踏，這個女孩就不會說真話？我根本沒有說謊。是你一點也不了解我罷了。叫人摸不透真心，刻意隱瞞的，應該是你吧？太令人傷心了。」

「妳真的傷心嗎？」

「對。很傷心。到底是傷心還是開心，我都糊塗了。」

「為什麼會跟妳在這裡，我也糊塗了。」

「不是因為喜歡？」

「這個我當然知道。可是……」

「可是什麼……？」

「……」

「可是怎樣？可是怎樣？」惠子說著拉起太一郎的手，用自己的雙手包覆著搖晃。

「惠子小姐，妳什麼也沒吃。」太一郎說。惠子只吃了兩三片鯛魚生魚片。

「喜宴上的新娘子，應該不能吃吧。」

「看吧，妳就是會講這種話的人。」

「太一郎先生才是，食物的話題明明是你先提起的。」

苦夏

音子的體質每到夏天就會瘦。

少女時代在東京時，對於夏天是否會消瘦，她壓根不在意，也不記得，遷居京都後，也是直到二十二、三歲時，才明確知道自己苦夏的毛病。而且還是母親告訴她的。

「音子也苦夏呢。這是遺傳我的體質，果然也出現症狀。」母親如是說。「弱點特別像我。本來覺得妳是個剛強的女孩，體質卻像我。血緣真是沒法子爭辯。」

「我一點也不剛強。」

「妳的性情太激烈了。」

「我才不激烈。」

母親說的剛強或激烈云云，顯然是因為想到音子與大木的戀愛。可是，那已經超過個性的強弱與否，是少女的痴情吧。是瘋狂的執念吧。

之所以來京都，也是出於母親的用心良苦，希望能夠排遣、撫慰音子的悲傷。母女倆都避免提及大木年雄的名字。然而，在陌生的土地，舉目無親的城市，傷心的母女倆相依為命，日夜相對，更加被迫看見藏在彼此內心的大木。母親覺得女兒像是映現大木的鏡子，女兒也覺得母親像是映現大木的鏡子，兩面鏡子互相映照彼此。

音子寫信時翻開國語辭典，那一頁的「思」這個字映入眼簾。日文的「思」，有思慕之意，有難忘之意，也有悲傷之意，音子逐字看下去時，不由心頭一緊。看來連字典都不能隨便翻開。音子害怕那本辭典，再也不敢碰。國語辭典之中也有大木。詞典中令人想到大木的字眼，想必多得數不清。所見所聞皆與大木有關，正是因為音子活著。音子當然也沒想到，除了被大木疼愛的身體，自己還有另一副身子。

音子很清楚，母親極力想讓女兒忘記大木。那想必是相依為命的母親唯一的心願。然而，音子自己並不想忘記大木。不僅忘不了，更是刻意不忘，似乎把那當成救命稻草。否則，自己大概會變成空殼子吧。

十七歲的音子，能夠離開鑲著鐵窗的精神科病房，不是因為她與大木的愛戀傷痛已平息，倒像是因為那已在音子的內心扎根。

「我害怕。會死的，我會死。不要，不要了，夠了……」音子被大木抱在懷裡，曾經忘我地掙扎。大木鬆手後，音子睜開眼。雙眸水汪汪。

「我看不見，寶寶的臉，就像在晃動的水中，模糊不清。」即便在這種時刻，十六歲的女孩也喊三十一歲的大木「寶寶」。

「你知道嗎，如果老師死了，我也活不下去了。真的，我絕對活不了。」音子說著眼角泛出淚光。不是悲哀的眼淚，是水汪汪的眼睛因為心神放鬆，變得更加水潤濡濕。

「音子如果死了，再也沒人會像音子這樣想起我。」大木說。

「等心上人死了，再去想起那個人，我可受不了。我做不到。還不如死掉。哪，讓我也死掉……」音子把臉貼在大木的喉嚨，搖著頭。

在大木聽來那是少女的枕邊愛語，沉默片刻後，他說，

「如果有人拿槍對著我或拿刀捅我，會擋在我面前的，想必只有妳。」

「對。我隨時可以替你擋災，我很樂意……」

「我不是想讓妳替我死，我是說當我意外面臨危險時，情急之下，只有妳會不假思索地保護我……奮不顧身地衝出來。」

「我肯定會那樣做……」音子點頭。

「我身邊沒有男人肯這麼做。願意犧牲性命保護我的，只有這個小女孩。」

「我才不小。我一點也不小。」音子反覆重申。

「我看看是哪裡不小了……？」大木摸索音子的胸部。

那時，大木也想到音子的體內正孕育自己的孩子。如果自己真的意外身亡，他甚至覺得那孩子或許也會和音子一起消失。——那是後來，音子看大木寫的《十六、七歲的少女》才知道的。

二十二、三歲時，母親說音子也是苦夏的體質，或許是因為音子也到了那

個年紀。但也可能是母親認為音子已經不會再為大木的回憶而消瘦。

音子的肩膀窄，骨架小，天生體形纖細，卻沒有生過病。早產生下大木的孩子，與大木的戀情破裂，自殺未遂，住進精神科病房的那段日子，當然枯瘦如柴，眼神異常，但是身體比心靈更早恢復。身體的這種年輕健康，甚至反而讓音子依然傷痛未癒的心靈感到厭惡。如果不是因為思念大木使眼中浮現憂愁，人們想必看不出這個女孩心底有悲傷。那哀愁的眼眸，也被視為年輕女孩的憧憬，想必讓人們覺得音子更美麗。

音子從小就知道，母親是苦夏的體質。替母親擦拭流汗的背部和胸部，是音子的孝道之一，一邊那樣做一邊看著母親夏天消瘦卻未說出，是因為已經習慣了母親不敵暑熱。不過，在母親說她也遺傳了那種苦夏的體質之前，音子自己絲毫沒想到，大概是因為年紀輕太粗心了。早在年滿二十歲之前，音子應該就有一點苦夏的跡象了。

在京都過了二十五歲之後，音子天天穿和服，雖不像穿裙子或休閒褲時立刻能感到身材纖細，身體各處還是看得出苦夏的痕跡。而且苦夏總讓音子想起過世的母親。

音子的苦夏、怕熱，似乎隨著年紀增長越發嚴重。

「苦夏該吃什麼藥比較好？報紙上有很多藥物廣告，媽，妳吃過哪種藥嗎？」某年夏天，音子試著問母親。

「不知道。那些藥好像有用又好像都沒用吧。」母親含糊回答，但過了一會，又語重心長地說，

「音子，對女人的身體最好的良藥，就是結婚。」

「……」

「老天爺讓女人在這世上活著的良藥，就是男人。女人全都得吃那種藥。」

「如果那是毒藥呢……？」

「哪怕是毒藥。妳曾在不知情的情況下吃了毒藥，可妳至今都不認為那是毒藥吧？不過，的確有所謂的良藥可以解毒喔。此外，也有一種藥是以毒攻毒。就算那藥吃起來苦，也該閉著眼，一口服下男人試試看。當然想必也有讓

人想吐、怎麼都嚥不下去的藥吧……」

音子終究沒有服下男人這劑女人的良藥，就與母親死別。女兒的終身大事想必是母親最大的遺憾。正如母親所說，音子從不認為大木是毒藥。即便在鐵窗深鎖的病房，也從未恨過大木。只有滿心痴戀成狂。音子企圖尋死時服下的烈性毒藥，在很短的期間，就從音子的體內被排除得乾乾淨淨不留痕跡。或許可以說，大木年雄和大木的胎兒，好歹也都從音子的體內被排除掉了；同時也可以說，殘留的痕跡已非太大的問題。然而，音子與大木的愛，既未從音子體內排除，也沒有被沖淡。

只有時光不斷流逝。不過，對一個人而言，時光的河流，或許未必只有一條。在一個人的心中，時光或許分成好幾條在流動。若用河流來比喻，時光在人的心中，有些地方流得快，有些地方慢，有些地方停滯不前。再者，時間在萬人身上皆以同樣的速度流逝那是天，因人而異出現不同的流速那才是人。時間在所有人身上同等流逝，人卻各以不同的時間度過歲月。

十七歲的音子如今四十了。不過，在音子內心深藏大木之處，或許時光並未流動，已經靜止了？或者該說，就像花落水面隨波逐流，音子也伴隨自己心中的大木，一起經歷時光流逝？——在大木心裡的時光長河，音子是如何漂浮的，音子不知道。至少，就算大木不可能忘記音子，音子與大木相伴漂流的時間，想必也與大木的時間河流不同。縱然是現在的戀人，二人的時間也不可能同樣流逝，這是無法擺脫的宿命。

今天音子也是一醒來，就像這陣子的早晨一樣，指尖輕輕按壓額頭後，摸了一下脖子和腋下。是濕的。每天更換的睡衣，似乎也沾染肌膚滲出的濕氣。惠子喜歡音子這身濕氣弄得肌膚更加光滑細緻散發香氣，有時還想替音子脫掉貼身衣物。音子卻極度討厭滿身汗臭。

然而，昨晚惠子過了十二點半才回來，迴避音子的目光，不自在地跪坐。當時音子躺在被窩裡，正拿團扇遮擋天花板的燈光，眺望那四、五張貼在牆上的嬰兒臉孔的素描。似乎心神都專注在那上面，只是說聲「妳回來了。今天比較晚喔」，輕輕朝惠子一瞥而已。

音子懷胎八月就早產的孩子，在醫院時她自己並未見到。只聽說那孩子已

有一頭烏黑的頭髮。她問母親孩子是什麼樣子，

「是個可愛的孩子。長得很像妳。」母親如此回答，但音子感到那只不過是在安慰她。而且音子並未親眼見過剛出生的嬰兒。近年來雖看過照片，但是似乎很醜。就連生產的照片，以及臍帶還沒剪斷的照片也不是沒見過，但驚人的是那些照片似乎有點令人發毛。

因此，音子無法想像自己孩子的臉蛋和身形。那是心中的幻影。〈嬰兒升天〉的孩子，不是八個月早產夭折的孩子那張臉，這點音子自己也很清楚，而且也完全不打算寫實地描繪。她只想透過繪畫來呈現，對於已經連明確形狀都失去的東西那股惋惜與愛憐。那個心願長年累月在心中，作為憧憬的幻想，藏在音子的心底。每次傷心時想起的，總是對這個夭折孩子的幻想。就連活到今天的自己，也必須用這幅畫來象徵。與大木這段愛情的美麗與哀愁，都必須融入那幅畫。

然而，那樣的嬰兒臉孔，音子畫了又畫還是畫不出來。被聖母抱著的耶穌或幼小天使的臉孔，音子當然見過，但那多半是形狀明確，或者成年人的縮小

版，或者看起來就很假的聖容。音子想畫的，不是那麼強烈明確的臉。而是不屬於天上或人間、略帶夢幻的、籠罩在聖潔光芒中的靈魂。是能夠讓人人都變得溫柔寬容的精靈模樣。而且畫像本身還蘊含無垠的悲傷深淵。不過，她不想採用抽象的畫法。

至少臉部她是那樣希望，所以這個不足月的孱弱嬰兒，身體又該如何描繪呢？背景和點綴的景物該怎麼處理？音子一再翻閱魯東[1]和夏卡爾[2]的畫冊。幻想風格浪漫甜美的夏卡爾，並沒有勾起音子東方式靈感的天分。

比起西方繪畫，還是日本古代的〈稚兒太子圖〉再次浮現音子的眼前——稚兒太子的圖像是根據《弘法大師傳》的故事。據說大師兒時做夢，在八葉（八片花瓣）的蓮花中與佛陀對談。就是根據那個情景創作此圖。稚兒太子端

1 奧迪隆．魯東（Odilon Redon, 1840-1916），法國象徵主義畫家，作品具有豐富的幻想世界。

2 馬克．夏卡爾（Marc Chagall, 1887-1985），出生於俄國的猶太家庭，超現實主義畫家，其畫作呈現出夢幻、象徵性的手法與色彩。

坐在蓮花上的圖樣已經固定。不過在更古老的畫中，太子肅穆聖潔，隨著時代轉變卻變得嫵媚溫柔，變成會被誤認為美少女的「稚兒」。

五月的滿月祭那晚，被惠子請求替她作畫時，音子察覺，自己之所以想到「稚兒太子」風格的古典「聖處女像」，或許也是因為心底有「嬰兒升天」，但就算是那樣沒錯，事後音子還是浮現一個新的懷疑。換言之，無論是尋找靈感試圖描繪夭折的孩子，或是被想畫惠子的靈感誘惑時，腦海之所以會浮現〈稚兒太子圖〉，或許證明音子格外受到那幅畫的吸引，同時或許也暴露出音子的自我愛慕、自我憧憬。音子也許在稚兒太子身上看到憧憬的自畫像。無論是夭折孩子的畫或惠子的畫，其實或許都潛藏著音子對自畫像的心願。稚兒太子風格的聖幼兒像或聖少女像、聖處女像的幻影，也許正是聖音子像的幻影。音子這個懷疑，等於不自覺地親手拿刀戳進自己的胸膛。音子沒有用那把刀繼續切開胸腔內部。她拔出了刀。然而，傷痕仍在，時而隱隱作痛。

音子當然不打算直接借用〈稚兒太子圖〉的樣式描繪夭折的孩子和惠子。不過，那些靈感首先就浮現稚兒太子，或許表示音子想畫這兩者時，內心深處也潛藏著那個吧。從「嬰兒升天」這個畫題和「聖處女像」這個畫題，就已經能察覺這點。音子希望把自己對夭折的孩子及惠子的愛，透過自己的畫加以淨化，甚至是聖化。音子不好意思將惠子的肖像畫命名為「聖處女像」，於是揶揄惠子，說那如果命名為「某閨秀抽象畫家」會很有趣，但音子當然也不是真的認為，惠子的畫可以列入當今所謂的抽象畫之屬。不過，說要滿懷愛情畫成佛畫那種風格，是那晚音子的真心話。

惠子第一次來見音子時，曾把音子母親的肖像畫，看成音子美麗的自畫像。之後每次看著掛在牆上的母親畫像，與其說讓音子想起惠子的那種誤認，音子更難忘懷的是惠子說的話。母親的肖像畫畫得年輕貌美以致被誤認為音子的自畫像，那是因為音子對母親的思念，但是事實上或許也在畫中流露出音子的自我愛慕。不只是因為母親的長相和音子相似。音子畫母親的同時，或許也在畫自己。

對畫家而言，無論是靜物畫或風景畫，所有的畫都是畫家自己心靈的自畫像、性格的自畫像、自我表現，這點自然無庸贅言，但在這幅母親的肖像畫中，音子流露對親人的親密、甜美的感傷，似乎成了音子自己的畫像。說到甜美，稚兒太子的圖像多少也稱得上甜美。比稚兒太子更出色的佛畫或仕女圖，在日本的古畫之中不勝枚舉。音子之所以格外想起〈稚兒太子圖〉，固然是因端麗的幼兒像，但除此之外，應該也是因為那畫像在虔敬之中伴隨甜美吧。並不信仰大師（弘法）的音子，在稚兒太子的畫像中，或許不自覺蘊藏自我愛慕與自我憧憬。畫像的甘美帶入哀傷。

音子對大木年雄的愛，對夭折孩子的愛，對母親的愛，至今依然不輟，但那些愛，和以前音子能親手碰觸時真的持續不變嗎？那些愛本身該不會已不知不覺變成音子的自戀了吧？當然音子自己並未察覺。她不曾那樣懷疑，也不曾反省過。音子與嬰兒死別，與大木生離，與母親死別，那些人雖然至今仍活在音子的心中，但活在那裡的，其實不是那些人，只有音子一人。音子心中的大木所在之處，時光想必並未靜止。音子伴隨自己心中的大木一起度過時光。而且，她與大木的愛的回憶，染上音子的自戀色彩，或許其實已經變得面目全非。音子從未把逝去的回憶全部當成妖魔鬼怪或餓鬼亡魂，十七歲與大木被迫分手後直到四十歲的現在，音子沒有戀愛也沒有結婚，始終小姑獨處，對她而言，珍視悲戀的回憶產生依戀或許是理所當然，那種依戀逐漸帶有自戀色彩或許也是理所當然。

音子迷戀女弟子惠子這個同性的女孩，儘管一開始是惠子主動糾纏，想必也是音子的自我愛慕、自我憧憬以這種形式顯現。否則即使惠子說出「老師，請畫我……在我變成您說的什麼妖女之前……拜託。就算讓我裸體也可以」這種話，她恐怕也不可能想到要用什麼佛畫風格、稚兒太子風格、坐在蓮花上的「聖處女」風格來描繪。把惠子描繪成那樣的少女，或許只是音子想將自己楚楚可憐地淨化。愛上大木的十六、七歲少女，始終在音子的心中，似乎並未成長。然而，音子不知道。她還沒動過腦筋讓自己明白。

——對自己的體味，尤其是對汗味有潔癖的音子，碰上今早這樣被京都夜晚的悶熱，弄得睡衣都沾染肌膚濕氣的時候，照理說一醒來就會立刻起床，但她躺在枕上把臉對著牆，盯著昨晚眺望的嬰兒素描圖看了半晌。八個月早產的嬰兒，雖然只在這世上活了極短的時間，音子還是想畫沒有誕生人間的孩子，沒有在人間生存過的孩子，也就是作為精靈之子的「嬰兒升天」，所以那幅素描不易捕捉，也難以定案。

惠子背對音子還在熟睡。單薄的亞麻涼被扯到胸下，被子邊緣夾在腋下。她是側臥，因此兩腿並未豪放地張開，腳踝以下都露在被子外面。惠子平時多半穿和服，不會穿高跟鞋出門，所以細長的腳趾沒有骨節突起。應該算是比較修長。但那骨頭修長的纖細腳趾，令音子感到某種和自己不同的東西，於是養成了在惠子的身體各部位之中盡量不看腳趾的習慣。不過，如果不看腳趾直接握在手裡，就會覺得不像自己那個年代的身體，有種奇妙的舒適感。又好像是握著另一種生物的腳趾。

惠子身上飄來香水味。以年輕女孩的香水而言，氣味似乎過於濃烈。音子當然知道惠子偶爾會用這種香水，但音子內心忽然萌生疑問，昨天惠子為何用香水？

昨晚惠子半夜才回來，音子並未猜測她去了何處。因為音子一直盯著牆上的嬰兒素描，心思都放在那上面。

惠子沒有去浴室擦身子，匆匆鑽進被窩就睡了。覺得惠子睡著了，或許是因為音子比惠子還早睡著。

音子起床後，繞到惠子的被窩對面那頭，在微光中俯視惠子的睡顏片刻後，打開遮雨板。惠子平時不會賴床，就算比音子晚醒的早晨，只要聽到音子打開遮雨板的聲音，就會立刻起床幫忙，但今早的惠子只是在被窩坐起上半身，望著音子的動作。等音子把拉門和遮雨板都打開回到房間後，

「對不起，老師。昨晚我快三點都睡不著……」惠子說著站起來，從音子的被褥開始收拾。

「是天氣悶熱，睡不著？」

「呃……」

「啊，睡衣不要收。我要洗。」

抱著那件睡衣，音子去浴室擦身子。惠子也來到浴室的洗臉臺，但是連刷牙似乎都很匆忙。

「惠子，妳也洗個澡。」

「好。」

「昨天妳好像帶著香水味就睡了。」

「是嗎。」

「妳還好意思說『是嗎』。」音子對惠子心不在焉的樣子有點介意，「妳昨晚去哪了？」

「……」

「快洗洗。那樣多不舒服。」

「好，我晚點就洗……」

「晚點？」音子看惠子。

音子從浴室出來，只見惠子拉開衣櫃抽屜，正在挑選和服。

「惠子，妳要出門？」音子尖聲說。

「是。」

「妳跟誰有約嗎？」

「是。」

「跟誰……？」

「太一郎。」

音子一時之間不知那是誰。

「大木老師的太一郎。」惠子毫不退縮，明確地回答。只是省略了「兒子」二字。

「……」音子啞然。

「太一郎昨天來京都了，我特地去伊丹的機場接他，今天約好了要帶他遊覽京都。也說不定是他帶我遊覽……老師，我什麼事都不會瞞著老師。今天我們要先去二尊院，太一郎說他想看山上的墓。」

「墓……？山上的……？」音子說，但自己卻聽不見。

「對，據說是東山時代公卿貴族的墳墓。」

「噢？」

惠子脫下睡衣，裸身背對音子說，

「還是穿長襯裙好了。雖然今天應該會很熱，但只穿內衣的話，好像太沒規矩了。」

音子默默旁觀惠子穿和服。

「腰帶要綁緊……」惠子雙手繞到身後用力。

音子看著鏡中惠子化上淡妝的臉，惠子似乎能從那鏡子看見音子映現的臉孔，

「老師，您別擺出那種表情……」

音子驀然回神，想放鬆緊繃的臉，但臉孔僵硬。

惠子瞥向三面鏡的側邊，用手指撥弄耳上的頭髮。那是耳朵形狀好看的惠子化妝的最後一個步驟。然後她準備起身，卻又立刻蹲身拿起香水瓶。

「昨天的香水味不是還留著？」音子蹙眉。

「沒關係。」

「……」

「惠子，妳今天毛毛躁躁的。」

「惠子，妳為什麼要去見他？」

「是太一郎主動告訴我班機時間，說他要來京都。」

「……」

惠子站起來，隨手把剛才拿出三件挑選後沒選中的那二件單衣摺起，塞進衣櫃。

「好好摺整齊了再收進去。」音子說。

「是。」

「重新摺一遍。」

「是。」然而，惠子甚至沒再看衣櫃一眼。

「惠子，妳過來。」音子的聲調變得嚴厲。

惠子在音子面前坐下，直視音子。音子卻移開目光，說出意外之詞。

「妳不吃早餐就要走？」

「昨晚吃得晚，所以不吃了。」

「昨晚……？」

「是。」

「惠子。」音子鄭重發話，「見了面，妳到底想怎樣？」

「不知道。」

「妳想見他？」

「是。」

「是妳主動想見面吧？」這點從惠子坐立不安的樣子就能看出，但音子還是像要對自己確認似的說。「為什麼？」

惠子沒回答。

「非得見面不可？」音子垂眼看著膝蓋，「我希望妳不要見他。請妳不要見他。」

「為什麼？這應該和老師無關吧？」

「當然有關。」

「老師又不認識太一郎。」

「妳都去過江之島的飯店了，還好意思去見他。」

音子是在指責惠子，之前和做老子的去飯店開房間，現在又興沖沖要去見兒子，但是此刻，「大木先生」或「太一郎」這些名字，卡在音子的嘴裡說不出來。

「大木老師是老師的舊情人，但是太一郎不同，老師連見都沒見過他，和老師毫不相干。只不過是因為他是大木老師的兒子。」惠子說。「他又不是老師的孩子……」

「……」

惠子的話刺傷音子。也讓她想起十七歲的音子早產生下大木的孩子不幸夭折，之後，大木的妻子卻生了一個女兒。

「惠子。」音子呼喚。「妳在誘惑人家吧。」

「是太一郎把班機時間告訴我的。」

「你們的交情已經好到可以去伊丹接機，一起漫遊京都？」

「討厭啦，老師，說什麼交情。」

「那不是交情是什麼。不然是關係……？」音子用手背抹去蒼白的額頭冒出的冷汗。

「妳真是可怕的人。」

惠子的眼中平添妖異光芒。

「老師。我最討厭臭男人了……」

「夠了。拜託妳不要去。如果妳堅持要去見他，那就不用回來了。妳出了這個門，就不用再回我這裡。」

「老師。」惠子的眼睛似乎濕了。

「我問妳，妳想對太一郎做什麼？」音子放在膝上的手顫抖，頭一次親口說出「太一郎」這個名字。

惠子倏然起身，「老師，我要走了。」

「妳別去。」

「老師，打我吧。就像上次去苔寺那天一樣，狠狠地打我……」

「……」

「老師。」惠子站了一會，最後頭也不回地轉身走了。

音子頓時感到渾身冒冷汗。她定睛望著院子的四方竹葉片在晨光中發亮。

然後去了浴室。或許是因為太用力扭水龍頭，水聲把她嚇了一跳。她慌忙拴緊水龍頭。讓水細細流出，擦拭身子。雖然稍微冷靜了，腦子深處仍殘留疙瘩。她用濕毛巾按壓額頭和後頸。

回到房間，她對著母親的肖像畫和嬰兒臉孔的素描圖坐下。自我厭惡貫穿背脊。那種自我厭惡似乎來自與惠子共度的生活，蔓延至自我存在的整體，音子除了悲傷更覺得窩囊，渾身乏力。自己究竟為何來到人世？又為何活著？

音子想呼喚母親。頓時想起中村彝[3]的〈老母像〉。〈老母像〉是這位畫家畢生最後一件作品，因此中村是留下老母親先死了。畫家的絕筆就是〈老母像〉，就這個角度而言，這幅畫也令音子心有所感。音子只在畫冊上看過這幅畫，並未看到真正的畫作，因此難以確認，但音子是投入自身的感情在看這幅畫的照片。

3 中村彝（1887-1924），大正時期著名的西畫家，其作品〈老母像〉入選第五回帝國美術展覽會。

年輕的中村彝把情人描繪得豐滿有力，色調也偏紅，被稱為雷諾瓦風格。還有他廣為人知的名作〈愛羅先珂像〉，靜靜呈現出盲眼詩人的孤高與哀愁，充滿虔敬，用色卻溫暖明麗。反觀他的絕筆之作〈老母像〉，色彩變得晦暗冰冷，描繪方式也變得簡素。身材乾瘦、胸部下垂的老母親側坐在椅子上，背景是牆壁，鑲嵌著半牆高的木板。老母親的臉孔前方牆壁凹陷處放著水壺，老母親腦袋後方的牆上掛著溫度計。溫度計是本就在那裡，還是畫家為了作畫才掛上去的，音子當然無從得知，但這支溫度計，伴隨老母親輕輕疊放在膝上的手指垂落的念珠，令音子留下深刻印象。總覺得那象徵著比母親先離世的畫家的死意。就是這樣一幅畫。

音子從壁櫥取出中村彝的畫冊，將那幅〈老母像〉和自己母親的肖像比對。音子把母親畫得很年輕，並非年邁老母的肖像。母親已經先過世了，這當然也不是音子的絕筆。音子母親的肖像沒有死亡的陰影逼近。再者，西畫和日本畫當然不同，但音子面對〈老母像〉的照片，越發感到自己替母親畫的那幅肖像有多麼不成熟，不禁閉上眼。合攏的眼皮用力，閉得更緊。似乎也失去血色。

當初音子是抱著對亡母的滿心依戀，描繪母親的臉孔。她只想著要畫得年輕美麗。那似乎是音子的祈求，如果中村彝的〈老母像〉也有離死不遠的畫家的祈求，那麼音子的祈求是何等膚淺天真。音子的生命本身不也是如此嗎？

音子的畫作不是對著母親寫生。是母親死後，看著照片畫出來的。畫得比照片中的母親更年輕秀美。音子一邊畫母親，不時也對鏡注視自己肖似母親的那張臉。畫作過於甜美且美化或許是理所當然，儘管如此，母親的肖像畫恐怕並未蘊藏深刻的靈魂。

說到照片，音子也想到，母親自從搬來京都後，就沒有拍過獨照。音子的照片被雜誌刊登時，東京的雜誌社派來的攝影師，本來也想拍一張音子與母親的合照，母親卻躲躲藏藏跑掉了。如今音子才察覺，那或許也流露母親的悲哀。母親就像見不得人的遁世者，隱姓埋名帶著女兒遷居東京，和東京的熟人也幾乎完全斷絕來往。音子當然也有遁世者之感，但她來京都那年畢竟才十七歲，和母親的孤獨與厭世終究不同。雖然因為與大木的那段情受傷，她卻一直保有那份愛，這點也與母親不同。

音子思忖或許該重新描繪母親，一邊凝視母親的肖像畫，然後又凝視中村彝的老母像。

惠子出門去見大木太一郎，對音子來說就像要逐漸遠離自己。似乎令心裡的騷動不安難以平息。

今早的惠子，沒有說出平時成天掛在嘴上的「復仇」二字。她說討厭男人，但那也不能當真。她用昨晚吃得晚這種可笑的藉口搪塞，連早餐都等不及就走了，可見她已背叛自己說的話。惠子到底想對大木的兒子做什麼？兩人會有什麼發展？二十四年來，自己一直被困在對大木的這份愛之中，又該怎麼辦呢？想到這裡音子再也坐不住了。

未能阻止惠子去見太一郎的音子，如果尾隨惠子，也去見太一郎，或許就能防止什麼危險吧？問題是，兩人要在哪碰面，太一郎住在何處，音子都沒從惠子那裡聽說。

湖水

惠子去了木屋町的總屋，太一郎已經換好外出的西服，站在露臺上。

「早安。昨晚睡得好嗎？」惠子走近太一郎，倚靠露臺欄杆。

「讓你久等了。」

「是我醒得早。聽見河水潺潺，就被水聲吸引，跟著起床了。」太一郎說。「還看到東山的日出呢。」

「那麼早……？」

「對。不過，山就在這麼近的地方，一點也不像日出。隨著太陽升起，東山的綠色也變得明媚，鴨川的流水在朝陽下波光粼粼……」

「你就一直這樣看著？」

「望著對岸的街區醒來開始活動，很有意思。」

「你睡不著？這家旅館不好？」

接著，惠子悄聲說，「如果睡不著是因為我，那我會很開心……」

「……」

「你就不能說一聲是因為我？」

「是因為惠子小姐。」

「你是被我催促，無可奈何才這麼說吧。」

「不過，惠子小姐應該睡得很好吧。」太一郎看著惠子的雙眼。

「不好。」惠子搖頭。

「妳的眼睛看起來就睡得很好。彷彿亮著燈似地炯炯有神……」

「那是因為心頭亮著明燈。這都是因為你。就算一兩晚沒睡，眼睛也歡喜。」

惠子閃亮的眼睛似乎泛著溫柔的水光，就這麼凝望太一郎。太一郎拉起惠子的手。

「你的手好冷。」惠子咕噥。

「妳的手倒是熱呼呼。」太一郎說，逐一握著惠子的每根手指摸索著，那種柔韌滲入心扉。手指纖細得簡直不像人類的手，彷彿會在太一郎的手中消失。感覺輕易便可咬斷。太一郎忽然很想把惠子的手指含在嘴裡。從這手指似乎能感受到女孩的纖弱。惠子側臉的美麗耳朵和細長的脖子，就在太一郎眼前。

「妳就是用這麼細的手指畫畫啊。」太一郎把惠子的手捧到嘴邊。惠子看著自己那隻手。眼睛濕了。

「惠子小姐，妳很難過嗎？」

「我是高興，高興得感傷……今早，你不管碰我哪裡，我都會想哭。」

「……」

「因為我覺得自己的某種東西結束了。」

「什麼東西……？」

「幹嘛問那個，你是故意的吧。」

「不是結束，是開始喔。某種東西的結束，不也是另一種東西的開始嗎？」

「可是，結束就是結束，開始就是開始……這是兩回事。女人就是這麼想，才會脫胎換骨成為另一個女人。」

太一郎想把惠子摟到懷裡，同時摸索惠子手指的手反而放鬆了力氣。惠子溫順地倚靠太一郎。太一郎抓著露臺的欄杆。

下方的河岸傳來高亢的狗吠。原來是一個看似這附近店家的中年女人牽的小㹴犬，遇上高大的秋田犬，因此叫個不停。秋田犬幾乎正眼都沒瞧過㹴犬。牽著秋田犬的年輕男人一身小餐館的廚師打扮。中年女人蹲身把㹴犬抱起來。㹴犬在女人的懷中掙扎，繼續吠叫。女人背對秋田犬，㹴犬看起來就像在對著太一郎和惠子叫。中年女人按著㹴犬的腦袋，一邊仰望露臺陪笑。

「討厭，一大早就碰上狗亂吠，真是倒霉的日子。我最討厭狗了。」惠子躲到太一郎的背後。狗安靜之後她依然躲著，輕輕把手放在太一郎的肩上。

「太一郎先生，見到我開心嗎？」

「開心。」

「有我這麼開心嗎……?你應該沒有開心到像我這麼開心的地步吧。」

「……」太一郎沒想到會從惠子的嘴裡冒出這麼女性化的說詞,但是隨著惠子的話語,年輕女孩呼出的氣息噴到後頸。惠子的胸部好像也不自覺貼上太一郎的背部。並不是刻意壓過來,但在背與胸之間,有種毫無縫隙的柔軟暖意。太一郎的內心蔓延某種感覺,彷彿惠子已經屬於自己。她不再是異常的女孩,也不再是令人費解的女孩。

「你一定不知道我有多麼想見你吧。我還以為如果不去北鎌倉就無法見到你。」惠子說。「現在這樣,真不可思議。」

「不可思議啊。」

「我所謂的不可思議,是因為每天都想著你,所以雖是這樣久別重逢,卻好似經常見面,這種感覺很不可思議。太一郎先生想必早已忘記我了吧。是這次要來京都,才忽然想起我吧。」

「惠子小姐居然會說這種話,真不可思議。」

「噢?偶爾也曾想起我嗎?」

「想起妳，對我來說總是伴隨些許痛苦。」

「哎喲。為什麼……？」

「只要想起妳，就會連帶想到妳的老師。那也等於想起我媽年輕時的痛苦。當時我還不懂事，不是很清楚，但我爸的小說裡有詳細記載。小說裡也提到我媽曾經抱著襁褓中的我徘徊在暗夜街頭，也曾失手掉落飯碗，伏桌痛哭。不知是否抱的方式讓我不舒服，我媽出門後我也在襁褓中不停哭嚎，哭聲傳得很遠。但我媽連嬰兒的哭聲也聽不見。她不僅聽不見，據說也牙根動搖。當時她才二十三、四歲呢。可是……」太一郎欲言又止。

「可是，我爸寫上野老師的那篇小說，至今依然很暢銷。說諷刺的確很諷刺，那篇小說長年來的版稅，貼補了我們一家的生活費，也貼補了我的學費，以及我妹妹的結婚費用。」

「那不是很好嗎？」

「事到如今再計較也沒用，但是想想還是覺得很怪。那篇小說把我媽寫得嫉妒成狂面目醜陋，身為兒子的我實在看不下去。況且，小說還發行了文庫本，至今，每次再版印刷時，出版社不是都會送來檢印紙讓作者確認冊數蓋章嗎？五千、一萬那樣蓋章的，都是我媽。為了寫自己醜態的小說再版印刷，如今頂著中年人慈眉善目的臉孔，還在砰砰砰地不停蓋章。」

「……」

「不過，對我媽來說那或許是過去的風暴。因為家庭已經恢復平靜……作為那篇小說作者的妻子，世人本該輕蔑她，結果看起來反倒很尊重她，真奇怪。」

「畢竟是大木老師的妻子。」

「可是，妳的老師似乎到現在還活在那篇小說中。也沒有結婚……」

「是啊。」

「這點，不知我爸媽作何感想。這些年他們彷彿已忘記上野音子這號人物。想到我也靠那篇小說的版稅吃飯，有時會很難過。犧牲了十六、七歲少女的一生……難怪妳會說，也想在我身上替上野老師復仇……」

「討厭，別再提了啦。我的復仇已經結束了。」惠子把臉貼在太一郎的脖子。

「我是我。」

「……」

太一郎扭身，摟著惠子的肩膀。

惠子喃喃低語，

「上野老師叫我不用再回去了。」

「為什麼……？」

「因為我說要來見你。」

「妳說了啊？」

「說了。」

「……」

「老師求我不要來見你。她說如果我非要來，就不用再回去了……」

太一郎的手從惠子的肩上鬆開。對岸道路的車流變多，驀然映入眼簾。東山也已變色，呈現深淺不一的綠色。

「我不該說出來？」惠子湊近太一郎僵硬的臉孔說。

「不。」太一郎的聲音乾澀，

「總覺得，我好像正替我媽報復上野女士。」

說著，太一郎從露臺回到室內。

「替你媽報復……？我做夢都沒想過。你講話真奇怪。」惠子緊追著太一郎也進來了。

「出去走走吧。不，惠子小姐還是回去比較好。」

「哎喲，好過分。」

「繼我爸之後，這次輪到我這個做兒子的又來擾亂上野女士身邊的平靜。」

「都是我不好，昨晚不該說什麼復仇。對不起。」

在旅館門前攔下計程車，太一郎理所當然地讓惠子上車，但是車子經過市區抵達嵯峨的二尊院這段漫長的期間，他始終沒開口。

惠子只問了一聲「可以把車窗全部打開嗎」，也同樣陷入沉默。不過，她把自己的手疊在太一郎放在膝上的手，動動食指。惠子的手帶有濕氣，但並沒有手汗，很光滑。

二尊院的總山門據說是慶長十八年由當時的豪族角倉氏，從伏見桃山城遷來此地。頗有昔日城門的氣勢。

「看今天的陽光，應該會很熱。」惠子說。

「我還是第一次進來二尊院……」

「我稍微查閱過定家的生平資料……」太一郎說著走上山門的石階，轉頭看惠子的腳下。惠子的和服下擺輕輕飄動。

「定家的確在小倉山腳待過，但那個時雨亭的山莊舊址有三處，似乎難以確定哪一處才是真的。分別在這個二尊院的後山，隔壁的常寂光寺，還有厭離庵……」

「老師也帶我去過厭離庵。」

「是嗎。在那座尼庵，連定家編寫《小倉百人一首》時，據說曾用來汲水研墨的水井都有。」

「我不記得。」

「號稱柳水，很出名喔。」

「定家真的用過那口井的水嗎？」

「定家被尊為和歌之神，所以大概也捏造出各種傳說吧。尤其是室町時代，定家等於是和歌之神、文學之神。」

「定家的墳墓也在二尊院的山上？」

「不。定家的墓在相國寺。不過厭離庵有小石塔，據說是定家的荼毗塚……」

「……」

太一郎察覺，惠子對藤原定家幾乎一無所知。

剛才車子行經廣澤池，望著對岸水面倒映的美麗松山，對太一郎而言，嵯峨野蘊藏的千年歷史與文學化為活生生的風景。從池畔也可看見小倉山。在嵐山的前方低矮地徐緩鋪展。

這樣的山野風景，勾起太一郎的思古情懷，由於惠子在身旁，似乎更加清新洋溢。這讓太一郎強烈地感到，真的來到了京都。

不過，惠子說今早是與音子口角後出門，這個女孩的激烈性情，太一郎或許也希望能在風景中軟化吧。太一郎自己察覺到這點，不由看著惠子。

「討厭，幹嘛一臉不可思議地看著我……」惠子瞇起眼，伸出手。太一郎輕觸那隻手，

「是很不可思議，竟然與惠子小姐走在這種地方……這到底是什麼地方？」

「是什麼地方呢？這個人又是誰呢？」惠子握著太一郎的手指拿指甲刮。

「我可不知道。」

大門內寬闊的參道上，落下松樹黝黑的影子。那是美麗的成排赤松。松樹之間也有楓樹。松枝前端的影子在地面靜止。松影只在走路的惠子雪白的和服與臉上晃動。楓樹的枝椏時而低垂幾乎碰到頭頂。

這條路的盡頭有石階，上方出現瓦頂土牆後，傳來水聲。走上石階，沿著圍牆左轉。水是從那道土牆的下方流下。牆上隨意開了一扇門。

「一個人影也沒有。」惠子站在石階上的門口說。

「這麼有名的寺院，遊客似乎卻很少，這點也很不可思議。」太一郎也駐足。

小倉山就在眼前綿延。銅頂的正殿莊嚴靜默。

「左手邊那棵樹不錯吧。那是細葉冬青老樹，據說是西山的名樹。」太一郎走過去。冬青樹上樹瘤糾結，從根部到樹梢都有骨節突起似的枝椏，長滿茂密綠葉。那些樹枝雖短卻充滿張力。

「我喜歡這棵老樹，記得很清楚，不知已有多少年沒有這樣看著了。」

太一郎只說了冬青樹，對於正殿掛的「小倉山」和「二尊院」這兩塊御賜匾額，以及二尊院這個寺名的由來，都沒有任何說明。

回到弁天堂的右邊，太一郎仰望高高的石階，

「惠子小姐，妳穿和服走得上去嗎……？」

惠子露出漂亮的牙齒搖頭。

「上不去。」

「……」

「你拉著我，然後背我吧。」

「慢慢走上去吧。」

「在這上面？」

「是的。實隆的墓，就在石階走到頂的地方。」

「你是為了那座墓才來京都的吧。不是為了見我。」

「對啊。一點也沒錯。」太一郎握著惠子的手放開。「我一個人上去，妳在下面等我。」

「我可以走上去。這種石階不算什麼，你放心等著瞧吧……爬到小倉山頂，不用回來沒關係。」說著，惠子拉起太一郎的手，開始拾級而上。

似乎沒什麼人走過的石階，從那古老的每一級石階底端長出翠綠的青草和蕨類。腳下偶爾也有黃花綻放。走到一旁有成排墓碑之處，

「是這裡吧？」惠子說。

「不，還在更上面。」太一郎回答，卻走進旁邊的墓地，「這三座石塔都

很氣派吧。也被稱為三帝陵，作為優秀的石造美術也相當有名。靠前方的寶篋印塔，中央的五重石塔，看起來都很美吧。」

惠子也點頭眺望。

「時代的寂寥沾染在石上……」

「是鎌倉時代的？」惠子問。

「對，應該是鎌倉吧。對面的十層石塔好像是南北朝的。據說本來是十三重塔，上層不見了。」

以惠子的繪畫天分，當然能領會石塔典雅優美的造型。惠子似乎忘了兩人依然十指交握。

「這一帶，有很多二條、鷹司、三條等公卿貴族的墓，也有角倉了以和伊藤仁齋的墓，但是這麼有名的石塔只有三帝陵。」太一郎說。

從那裡繼續走石階到頂上，有一座名叫開山廟的小佛堂。堂內，只是高高矗立著刻有二尊院中興者湛空上人事蹟的石碑，這倒是很少見。

不過，太一郎連看都不想看堂內，徑直走向佛堂右側成排的墓碑，

「就是這個。這就是三條西家的墓。右端是實隆。上面不是寫著前內大臣實隆公嗎？」

惠子定睛一看，約有膝蓋高度的小墳墓旁，有一塊刻著實隆名字的石頭。隔壁的墓也豎立細長的石碑，上面刻著「前右大臣公條公」。在那左邊的可以看出刻的是「前內大臣實枝公」。

「貴為內大臣和右大臣的人物，墳墓就這麼簡陋？」惠子說。

「是的。我喜歡這樣樸素的墳墓。」

如果沒有附帶雕刻姓名與官位的石碑，和仇野念佛寺那些無緣佛的墓碑簡直毫無分別。這些墓碑布滿苔痕古意盎然，埋在土中，被時光淹沒，已經失去原來的形狀。墓碑沉默無言。正因為無言，太一郎蹲下身子，彷彿想傾聽墓碑遙遠微弱的聲音。交握的手被這麼一帶，惠子也跟著蹲下。

「這些墓感覺很平易近人吧。」太一郎的說話方式彷彿想勾起惠子的興趣，「我正在調查這個實隆。實隆活到八十三歲很長壽，從二十歲到八十一歲這六十一年當中，都有寫日記，是東山文化的重要史料。除此之外，身為實隆親戚的某貴族也留下日記，還有連歌師的日記裡，都經常出現實隆的名字。在實隆那個年代，等於在亂世中，有這樣的文化傳統與勃興，調查起來不免深受吸引。」

「是因為在調查，所以對這座墓更覺得親切吧。」

「大概吧。」

「你調查了好幾年嗎？」

「三年，不，應該有四、五年吧。」

「這座墓會讓你湧現奇妙的感應嗎？」

「感應？感應啊……？」太一郎像是在自問，惠子的上半身突然趴倒在他膝上。太一郎身形搖晃。惠子伸出雙臂摟住他的脖子。

「在太一郎先生重視的墓前……好嗎？」

「……」

「讓我也對這座墓覺得親切吧……讓它成為具有珍貴回憶的墓……這座墓在呼喚太一郎先生的心。它不是墳墓。」

「不是墳墓嗎。」太一郎心不在焉地重複惠子的話，「墳墓也在經過幾百年後不再是墳墓……」

「你在說什麼？我聽不見。」

「石頭墳墓的確也有失去墳墓壽命的時候啊。」

「我聽不見。」

「是因為耳朵貼得太近了……」太一郎把嘴唇貼近眼前的耳朵。

「不要，不要，會癢啦。」惠子搖頭。

「……」

「你呼出的氣吹得我耳朵好癢。壞心眼。」惠子媚眼斜瞟，仰望太一郎的臉。惠子的臉被斜著壓向太一郎的胸口。

「我最討厭對女人耳朵吹氣的人了。」

「我沒有吹氣。」

太一郎想要輕笑，似乎這才明確發現，自己抱著惠子的背部。惠子在懷中的感覺越發強烈。她在膝上變得沉甸甸。但那同時也是輕盈的柔軟。

因為惠子是突然將上半身趴在蹲著的太一郎膝上，所以太一郎的姿勢變成勉強支撐。為了避免向後翻倒，他的腳尖用力，不時也反過來在腳跟用力。這樣做時連他自己都沒發覺。

惠子的雙臂摟著太一郎脖子，袖子自然滑落到手肘處。太一郎感到她潤滑的肌膚冰涼得幾乎黏住脖子，可見太一郎終於回神了。

「我哪敢吹美人的耳朵。」太一郎覺得自己想必呼吸粗重，極力平復著呼吸說。

「我的耳朵很怕風。」惠子嘀咕。

惠子的耳朵引誘著太一郎。他用指尖捏住。惠子瞪著眼，臉孔不動，於是太一郎盡情把玩她的耳朵。

「像是奇妙的花朵。」

「噢？」

「聽得見什麼嗎？」

「聽得見呀，那是……」

「那是什麼……？」

「該怎麼說呢。或許像蜜蜂停在花上的聲音吧……也許不是蜜蜂，是蝴蝶。」

「因為我是輕輕碰。」

「你喜歡摸女人的耳朵？」

「什麼？」太一郎的手指停下。

「你喜歡？」惠子用同樣溫柔的聲調低語。

「因為我從未見過這麼漂亮的耳朵……」太一郎好不容易才擠出聲音說。

「我喜歡幫人家掏耳朵。很怪吧。」惠子說。

「因為喜歡所以很拿手喔。待會幫你掏吧？」

「……」

「一點風也沒有。」

「這是沒有風，只有陽光的世界。」

「對。這種日子一早就在古老的墳墓前讓你抱著，將會成為日後的回憶。

居然是墳墓創造的回憶，真不可思議。」

「墳墓或許是為了回憶而建造。」

「太一郎先生的回憶一定很短。立刻就會消失。」

接著，惠子一手撐著太一郎的膝蓋想起身，

「好難受。」

「為什麼妳覺得立刻會消失？」

「這樣的姿勢很難受。」惠子想離開卻被太一郎摟進懷裡。他的唇輕觸她的。

「不要，不要，不要，嘴巴不行。」

惠子的厲聲拒絕嚇到太一郎。但是，或許是因為惠子躲開嘴唇，臉孔順勢貼上了太一郎的胸膛。太一郎摸索惠子的頭髮直到手碰到額頭，就想把惠子的臉從胸前挪開，但惠子的臉抗拒。

「好痛。那樣壓到眼睛，火辣辣地疼。」說著，惠子的臉還是不敵太一郎手上的力氣。

惠子始終閉著眼。

「壓到妳哪隻眼睛了？」

「右邊。」

「還痛嗎？」

「痛死了。沒流眼淚嗎……？」

太一郎看惠子的右眼，但是眼皮上連紅色的手指印都沒留下。太一郎的臉不自覺湊近，親吻惠子的右眼。

「啊！」惠子小聲驚呼但並未拒絕。

太一郎的雙唇之間可以感到惠子的長睫毛。

太一郎戰戰兢兢地退開。

「眼睛可以吧？妳說嘴巴不行……」

「哎喲，你好壞。人家不知道啦。你怎麼講話那麼壞心眼。」惠子像要壓倒太一郎似的推他胸部，順勢站起來。白色手提包掉了，太一郎撿起那個站起來說，

「妳的包蠻大的。」
「對。因為我帶了泳衣來。」
「泳衣……？」
「不是說好了要去琵琶湖？」
「……」
「右眼好模糊都看不清楚。」
惠子從太一郎遞給她的手提包取出鏡子，邊檢查眼睛邊說，
「沒有發紅。」
她用手指輕輕揉右眼皮。察覺自己被太一郎盯著看，惠子驀然羞紅臉頰，垂下嬌羞的雙眼。用手指悄悄碰觸太一郎的襯衫。那裡微微沾到惠子的口紅。
「怎麼辦。」太一郎拉著惠子的手說。
「什麼怎麼辦，擦不掉欸。」
「不，這點痕跡，外套扣子扣上就遮住了。我是說接下來要怎麼安排。」
「接下來……？」惠子歪起漂亮的脖子思忖。「不知道。我已經迷糊

了。」

「琵琶湖下午去可以吧。」

「現在幾點？」

「差十五分十點。」

「還這麼早……？看樹葉已經像中午了……」惠子環視四周的樹林。「嵐山就在那邊吧。夏天的嵐山不是很多遊客嗎？為什麼這裡都沒有人來？」

「就算會來二尊院，或許也少有人爬到這麼高吧。」

太一郎這樣裝傻敷衍著，心情總算調適過來，用手帕擦拭滿臉的汗。

「要去時雨亭的舊址看看嗎？那樣的地方有三處，不知哪一處是真的，我也懶得求證，連這個二尊院的都沒去看過。之前也上來過兩三次，只看到那個路標……」

時雨亭舊址的路線指標，豎立在後山的山腳。

「還要再往上爬？」惠子仰望山，「好吧。那就爬到頂上為止。如果不好走，我就打赤腳。」

那條小徑必須撥開樹林向上走，聽到惠子的和服與樹枝摩擦的聲音，太一郎轉過身，抓著惠子的手。

隨即出現岔路。

「該走哪邊呢。好像是左邊。」太一郎說。然而，往左邊的那條路與其說是沿著山腹，或許該說是經過崖上。太一郎躊躇不前。

「很危險。」

「我怕。」惠子用雙手抓著太一郎的右手。

「穿著草鞋恐怕會滑倒。還是走右邊吧。」

「右邊啊……？時雨亭在右還是在左都不知道……右邊好像是通往山上的上坡路。」

而且是樹林遮蔽的路。太一郎被惠子溫柔地拉著走，但惠子突然停下，

「你要讓我穿著和服在這種樹林裡走路？」

掩蓋二人的低矮樹叢對面，有三棵松樹高高聳立。松樹之間可窺見北山，下方是黑沉沉的市區外圍。

「不知那是哪裡。」太一郎想用手去指，惠子依偎過去。

「不知道。」

太一郎踉蹌，隨即配合惠子的緩緩倒下，也往地上一坐。惠子保持被他抱著的姿勢，用右手拉好亂掉的衣襟。

太一郎的嘴唇一接近眼睛，惠子就閉上眼。即使嘴唇從她的眼睛轉移到唇上，惠子也沒有閃躲。但她始終緊閉雙唇不肯張開。

太一郎摸索著惠子清純的纖細脖頸時，手也試圖伸進衣領內。

「不要，不要。」惠子雙手抓住太一郎的手。兩人的手就這麼重疊著，太一郎的手掌從惠子的和服上轉移到胸前隆起。惠子把太一郎的那隻手從右胸移到左胸。然後，她忽然微微瞇眼看太一郎。

「右邊不行。我不要。」

「啊？」太一郎一頭霧水，頓時鬆開了放在惠子左胸的手。惠子依舊瞇著眼，

「右邊會讓我傷心。」

「會傷心……？」
「對呀。」
「為什麼……？」
「我也不知道為什麼。或許是因為右邊沒有心臟吧。」說完，惠子羞澀地閉上眼，左胸往太一郎的胸口依偎過去。
「女孩子或許都會有某種缺陷吧。那種缺陷如果逐漸消失了，好像也挺感傷的。」
「……」
太一郎當然做夢也不可能想到，惠子在江之島的飯店，不肯讓太一郎的父親碰觸左邊的乳頭。太一郎也無從得知，和當時相反，這次惠子讓做兒子的太一郎碰左邊卻避開了右邊。而且，對於聲稱女孩子的身體有某種缺陷的惠子，他感到楚楚可憐的刺激。
不過，在太一郎聽來，如果按照惠子剛剛的說法，那顯然也證明她之前曾讓男人碰過胸部。但那也誘惑了太一郎。太一郎略為用力地張開手心拽著惠子的頭髮親吻她。惠子的額頭和脖子有點冒汗。

兩人經過角倉家的墓前下山後，前往祇王寺。從那裡折返，一路漫步到嵐山。

他們在吉兆吃午餐。

「兩位久等了。車子已經來了。」女服務生前來通知。

「啊。」太一郎差點驚呼，不禁望向惠子。因為他這才察覺，之前惠子看似出去上廁所時，已經先結了帳，還請對方叫車了。

車子接近京都市區的二條城時，惠子突然說。

「我沒想到這麼早就能去。」

「去哪裡……？」

「討厭，瞧你心不在焉的……當然是去琵琶湖呀。」

「……」

車子朝東寺的高塔駛去，七條的京都車站在右邊出現，隨即經過東寺前。這是繞行南邊的路。道路下方有一段出現鴨川，卻荒涼得不像鴨川。司機指著

道路前方的山說，

「我記得那是牛尾山。就是牛尾巴的那個牛尾。」

經過那座牛尾山的左側，翻越東山的南邊。

左邊已經可以俯瞰整片湖水。

「是琵琶湖欸。」惠子說著人盡皆知的廢話卻聲調亢奮，

「終於帶你來了。終於……是吧。」

太一郎沒注意聽惠子的聲音，注意力全放在湖上多不勝數的帆船和快艇、遊覽船。

車子駛下大津的老鎮。在琵琶湖展望臺附近左轉，經過快艇的賽場，穿過濱大津的街道，駛入琵琶湖飯店的林蔭道。林蔭道兩旁停滿成排的自用轎車。

惠子上車時和上車後，都沒有對司機吩咐目的地，可見在吉兆叫車時就已說過要去琵琶湖飯店了，這讓太一郎暗自訝異。

飯店的門童上前迎接，替他們開門，所以太一郎只好進去。

惠子沒看太一郎，逕自去櫃檯，流暢地說，

「我們委託嵐山的吉兆訂了房間，姓大木……」

「是，是，沒問題。」櫃檯人員回答。「兩位是住一晚沒錯吧。」

惠子沒有吭聲。只是沉默地退到後方。太一郎自然被催著在房客資料卡上簽名。太一郎也無暇思考是否該用化名，更何況惠子已經說了「姓大木」，於是他寫下本名以及北鎌倉的真正住址。然後，關於惠子的部分，他只在自己的姓名底下填寫「惠子」。寫下「惠子」二字後，太一郎的呼吸稍微緩和了。

拿著房間鑰匙的男服務生，站在電梯旁等待二人搭乘。其實用不著搭電梯，房間就在二樓。

「房間不錯……」惠子說。

客房是套房，裡面那間是寢室，外面這間一面對著湖，一面可以望見京都邊界的山。飯店或許是配合桃山風格的破風[1]建築樣式，房間的窗戶外側環繞紅色欄杆。牆壁和窗門的腰板，乃至玻璃門的粗框和格柵，都帶點古典風情，沉穩大方。窗戶的視野絕佳，就像是整面牆。

女服務生很快送來熱日本茶又離開了。

惠子站在面對湖水的窗前，兩手拽著白色蕾絲窗簾的邊緣，頭也不回。

太一郎坐在長椅中央，看著惠子的背影。惠子的和服與昨天不同，只有腰帶和她去伊丹機場接機時一樣，是虹彩圖案。

惠子背影的左邊，就是湖水。成群帆船將帆朝著同一方向。船帆多半是白色，但也有紅色、深藍色和紫色的。快艇噴濺水煙，在水面拖曳水花，快速駛過。

透過窗子可以聽見快艇的引擎聲、飯店泳池的人聲、庭園除草機的聲音等等。室內有冷氣的風聲。

太一郎好整以暇地等待惠子片刻，

「惠子，妳不喝茶……？」他說著，自己拿起桌上的茶杯。

惠子搖頭，

1 破風，山牆兩側的屋簷造型，除作為裝飾，亦可防止雨水侵蝕屋樑。這種建築樣式據說源自中國唐代。

「你為什麼一句話也不肯說？為什麼保持沉默？你好殘忍。太殘忍了。」

她說著搖晃窗簾。身體似乎也有點踉蹌不穩。

「你不覺得這景色很美嗎？」

「是很美啊。不過，我倒覺得妳的背影更美。比方說妳的後頸，妳的腰帶……」

「那你還記得在二尊院的後山，趴在你膝上時嗎？」

「妳問我記不記得……？不就是剛剛的事嗎……？」

「可是，你一定在生我的氣吧。你很驚訝吧。很受不了我吧。我都知道。」

「的確是有點驚訝。」

「連我自己都對自己感到很驚訝。女人傾盡全力時真可怕。」惠子壓低聲音，「因為可怕，所以你不肯來我身邊吧。」

太一郎起身走過去。手搭在惠子的肩上。在那隻手的輕輕誘導下，惠子老實來到長椅，挨著他坐下。她垂落眼簾，沒看太一郎。

「給我喝水。」她呢喃。太一郎拿起茶杯，靠近惠子的臉。

「用嘴餵……」

太一郎瞬時有點遲疑，隨即把溫熱的茶水含在嘴裡，一點一點哺入惠子的雙唇之間。閉眼仰著頭的惠子，只是以嘴唇吸取，以咽喉嚥下，手腳乃至身體的任何地方都沒動。

「還要……」她動也不動地說。太一郎又含了一口茶餵她。

「啊，真好喝。」惠子睜開眼，「現在就算死了也甘願。如果這杯茶是毒藥就好了……已經不行了。我已經不行了。太一郎也不行了。不行了。」

接著惠子說，

「你把臉轉過去。」一邊推著太一郎的肩膀讓他半轉過身，把臉貼在他的肩胛背後。保持那個姿勢，惠子的手溫柔擁抱太一郎，摸索太一郎的手。太一郎也拉起惠子的一隻手，從小指頭依序將五根手指一一撫摸後看得入神。

「對不起。都是我恍神，沒注意到……」惠子說。

「泡個澡比較好吧。我去幫你放熱水。」

「好啊。」

「就算只是沖個涼也好……」

「我有汗臭味？」

「我喜歡。有生以來，我第一次遇上這麼喜歡的味道。」

「……」

「不過，你應該想清爽一下吧。」

惠子起身，走進寢室，太一郎聽見裡屋的浴室放熱水的聲音。

太一郎眺望遊覽船靠近飯店岸邊的情景時，惠子已經放好洗澡水回來了。

太一郎用肥皂仔細清洗在嵯峨弄得滿身汗的身體。

浴室響起意外的敲門聲，太一郎心想，是惠子要進來嗎，不由縮身，

「太一郎先生，有你的電話。有電話找你，請出來接聽……」

「電話？找我？不可能。是哪裡找我……一定是打錯了。」

「有你的電話。」惠子只是如此呼喚。

「奇怪了，沒有任何人知道我在這裡。」

「可是，是找你的……」

太一郎也來不及好好擦乾身體就裹上浴衣，走出浴室，

「有電話找我……？」他一臉狐疑。

兩張床的枕畔之間，可以看見電話。太一郎想走過去，卻被惠子叫住，

「在這邊的房間。」

電視機旁的小桌上，話筒被放在一旁。太一郎握著話筒放到耳邊時，惠子說，

「是北鎌倉的府上。」

「什麼？」太一郎臉色大變。

「怎麼會……？」

「電話那頭是你母親。」

「……」

「是我打過去的。」惠子用緊繃的聲調繼續說。「我說和太一郎先生來了琵琶湖飯店。還說你已經和我許下婚約，請你母親同意。」

太一郎屏息，只是凝視惠子的臉。

此刻惠子說的話，母親當然也聽見了。太一郎進浴室時，關了寢室的門，又把浴室的門也關上，再加上水聲，根本沒聽見惠子打電話。把太一郎趕進浴室，原來是惠子別有企圖嗎？

「太一郎，太一郎，太一郎你在嗎？」太一郎緊握的話筒，傳來母親的呼聲。

在太一郎的注視下，眼也不眨地回視他的惠子，眼中閃爍彷彿要刺穿太一郎的光芒，無比美麗。

「太一郎，太一郎你不在嗎？」

「媽，我是太一郎。」太一郎把話筒貼在耳邊。

「太一郎，是太一郎吧。」母親說著明知故問的話，本來壓抑的聲音頓時高昂，「停止……太一郎，快停止。」

「……」

「那個人，是什麼樣的女孩，你知道吧。你應該知道吧，啊？」

「……」

惠子從後方抱住太一郎的胸部。臉頰頂開太一郎放在耳邊的話筒，一邊用唇堵住太一郎的耳朵。

「伯母……」惠子喊道，「伯母，我為何打這通電話，您知道嗎……」

「太一郎，你在聽嗎？現在是誰在聽電話？」母親說。

「是我。」

太一郎躲開惠子的嘴唇，把話筒貼在耳朵上。

「搞什麼，真不要臉，太一郎明明在那裡，居然自己搶先接電話……是那個女人讓你打電話的嗎？」母親追問。「太一郎，你給我立刻回來。現在就離開飯店回家……那個女人在偷聽吧？被聽見也沒關係。讓她聽到最好。太一郎，唯獨那女人，你絕對不能碰。那是個可怕的人。我一看就知道，絕對不會錯。拜託你不要讓我再次痛苦得發瘋。這次我真的會死。不只是因為她是上野音子的徒弟。」

太一郎任由惠子的嘴唇貼在後頸，就這麼聽著。惠子在太一郎的耳後低

語，

「如果不是上野老師的徒弟，我也不可能見到太一郎先生。」

「因為那個女人有毒。我懷疑她也試圖勾引過你爸爸。」母親又說。

「啊？」太一郎發出電話中幾乎聽不見的聲音，想轉頭看惠子。嘴唇貼在太一郎後頸的惠子，隨著太一郎扭轉脖子也跟著挪動臉部。這令太一郎覺得，一邊讓惠子親吻一邊聽母親的電話，是在嚴重侮辱母親。然而，自己不可能掛斷電話。

「等我回鎌倉再詳談。」

「對，你立刻回來。你該不會已經和那個女人犯下大錯了吧。你該不會打算在那裡過夜吧。」

「……」

「太一郎。」母親喊叫。「太一郎。你看看那女人的眼睛。仔細想想她說的話。上野音子的徒弟，居然說要和你結婚……你知道這是什麼樣的事嗎？你不認為這是魔女的陰謀？她或許並非一直是魔女，但對我們一家而言就是魔女。我能看出這點。這絕對不是我胡思亂想。你這次去京都，我早就有不祥的預感了。果然，那個女人就是。你爸爸也說很可疑，臉色都變了。太一郎，你如果不回來，我現在就和你爸爸搭飛機去京都。」

「我知道了。」

「你知道什麼！」接著母親像要確認，「你會回來吧？你真的會回來吧？」

「對。」

惠子轉身，躲進裡面的臥室後，關上房門。

太一郎一直站在窗邊眺望湖水。一架小飛機，大概是觀光，在湖面上斜著低飛遠去。無數快艇之中，也有船頭高高從水中翹起，彈跳著奔馳而過。也有快艇拉著人玩滑水。滑水板上是女人。

泳池傳來人聲。窗下的草坪，躺著三個穿泳裝的年輕女子。在那樣的場所幾乎讓人以為是為了給客房欣賞才擺出那樣大膽的姿勢。

「太一郎先生，太一郎先生。」惠子從寢室呼喚。太一郎開門一看，惠子已換上白色泳衣。太一郎倒抽一口氣。連忙移開目光。泳衣的白色毛線幾乎看不見，只有惠子略帶小麥色的肌膚閃耀光彩。

「很美喔。」惠子說著走向窗子。泳衣露出惠子的整個背部。「山脈上方的天空，很美吧。」

彷彿猛烈刷過金色刷子的光線，條條豎立在山邊的天空。

「那是叡山吧？」太一郎說。

「是叡山。看起來就像戳刺我們命運的長槍，所以我才叫你來。你母親在電話裡怎麼說……」惠子說著轉身面對太一郎。「我倒是很希望你母親來這裡。還有你父親也是……」

「妳說什麼傻話。」

「是真的。我說的是真話。」

惠子突然緊抓住太一郎。

「你來。我要下水。我想泡泡冷水。哪，我們不是說好了嗎。也說好了要搭快艇吧。去伊丹接機時不就已經說好了。」惠子像要倒向他般依偎過去。

「你要走了？接了你母親的電話，你決定回鎌倉？那你們會錯過喔。因為你父母肯定正朝這邊趕來……你父親或許不想來。但你母親會逼他一起來。」

「妳勾引過我爸嗎？」

「勾引……？」惠子的臉貼在太一郎胸口，緩緩搖頭。「我勾引了太一郎先生嗎？我勾引過嗎？」

太一郎的手臂環繞惠子的裸背，

「不是我，我說的是我爸。妳別轉移話題……」

「我還想叫你別轉移話題呢……現在是我在問你，我有沒有勾引你。太一郎先生只認為是被我勾引嗎？」

「……」

「世上有哪個男人，會問自己正抱在懷裡的女孩是否勾引過父親？又有哪個女孩會被如此可悲地對待？」惠子哭了。「你希望我怎麼回答？我乾脆淹死在湖裡算了……」

握著惠子顫抖的肩膀，太一郎的手也摸到泳衣的肩帶，遂把肩帶拉下。一邊的乳房半隱半現。另一邊的肩帶也被脫掉。惠子挺起裸露的胸脯有點站不穩。

「不，右邊不行。放過我，右邊不行……」

惠子始終閉著流淚的眼睛，不停這麼說。

惠子用大浴巾裹著前胸和後背，走出浴室。太一郎也一起從大廳側邊走下庭園。眼前高大的樹上綻放芙蓉似的白花。太一郎只脫了西裝外套和領帶。

來到面向湖水的庭園，左右皆有泳池。右邊的在草坪中，擠滿孩童。左邊的泳池建在草坪外圍略高處。

太一郎在左邊泳池的柵欄入口處駐足。

「你不進去？」

「不了，我等妳。」太一郎不好意思和身材惹人注目的惠子同行，所以裹足不前。

「噢？我只是想來稍微泡泡水。這是今年第一次下水，我去試試看游得好不好。」惠子說。

草坪靠近湖岸處，有垂柳和垂枝櫻隔著距離佇立。

太一郎在老樹樹蔭下的長椅坐下，舉目眺望泳池。起先沒找到惠子，過了一會才發現站在跳水臺的是惠子。跳水臺雖然不高，但擺好姿勢的惠子身後，是琵琶湖的水面，湖水更後方是遠山。烘托出惠子緊繃的身影。遠山籠罩在濛濛霧靄中。水色漸深的湖面，似乎開始泛出若有似無的淺粉色。帆船的帆也逐漸染上沉靜的暮色。惠子跳入水中，濺起水花。

從泳池出來的惠子，租了快艇，邀太一郎上船。

「已經快傍晚了，還是明天吧。」太一郎說。

「明天……？你說明天？」惠子兩眼發亮，「你願意待到明天？你真的打算留下來……？明天……？那可難說喔。難道不是嗎？哪，至少遵守一個約定好嗎……就在附近轉一圈，馬上回來。只要一下子就好，我想和你離開陸地，漂浮水上。我想筆直破開命運之浪前進，泛舟波上。明天只會溜走。還是今天吧。」惠子說著拽太一郎的手。

「湖上不是還有那麼多快艇和帆船嗎。」

大約三小時之後。

上野音子從收音機的新聞聽到琵琶湖的快艇發生意外，驅車趕至飯店時，惠子已被安置在床上。

惠子被救上帆船一事，音子也已從收音機的新聞得知。音子走進寢室，「她是還沒醒？還是在睡覺？現在到底是怎樣？」她問似乎是負責看護的女服務生。

「是。注射了鎮靜劑，還在睡。」女服務生回答。

「鎮靜劑……？如此說來，已經沒有生命危險了？」

「是的。醫生說不用擔心。被帆船送抵岸邊時，看起來像是死掉了，但是讓她把水吐出來，做了人工呼吸後，人就醒了。她一直喊對方的名字，像瘋了似的大吵大鬧……」

「對方怎麼樣？」

「還沒找到。已經出動那麼多人手搜尋了。」

「還沒找到……？」音子語帶顫抖，回到面向湖水的窗子附近遠眺，飯店左邊被黑夜籠罩的遼闊水面上，到處都有亮著燈的快艇忙碌移動。

「除了我們的船，附近的快艇也全都出動了。還有警方的船。您看岸上不是生著火嗎。」女服務生說。「但是恐怕已經沒救了……。」

音子握著窗簾。

無視於成群快艇倉皇不安的燈光動向，也有綴著成串紅色裝飾燈泡的遊覽船，朝著飯店的岸邊緩緩接近。對岸也有人放煙火。

音子察覺膝蓋顫抖時，從肩膀至胸部也開始發抖。遊覽船的裝飾燈泡在眼中晃動，彷彿是身體在晃動。她雙腳用力站穩轉過身。寢室的門是開著的。惠子的床映入眼簾後，音子似乎不記得自己曾經進去過那間寢室，匆匆回到惠子的枕畔。

惠子安靜沉睡。呼吸聲很安詳。

音子反而感到不安，「這樣放著不管真的沒關係？」

「是的。」女服務生點頭。

「她什麼時候會醒？」

「我不知道。」

音子把手放在惠子的額頭上。略顯冰冷的肌膚潮濕，似乎會吸住音子的手心。臉上雖然失去血色看似蒼白，臉頰卻微紅。

泡過水的頭髮大概只隨便擦拭過，在枕上凌亂鋪展。黑壓壓的似乎還是濕的。唇縫露出貝齒。雙臂伸直放在毯子底下。正面仰臥的惠子那清純無辜的睡顏，打動音子的心。那睡顏彷彿正對音子、也對生命告別。

就在音子伸出手打算搖醒惠子時，隔壁房間傳來敲門聲。

「來了。」女服務生去開門。

大木年雄和妻子文子走進室內。大木與音子的目光相接，就此停下腳步。

「妳是上野、上野小姐吧。」文子說。「是妳吧。」

音子和文子是第一次見面。

「讓人殺死太一郎的，就是妳吧。」文子的聲音不帶感情非常平靜。

音子只是嘴唇翕動未說話，一手撐著惠子的床支撐身體。文子走過來，音子肩膀向後縮彷彿要閃躲。

文子雙手揪著惠子的胸部搖晃，一邊喊著：「起來，妳給我起來！」文子的動作逐漸變得粗暴，連惠子的腦袋都晃來晃去。

「還不起來？還不起來？」

「醫生開了藥讓她睡覺……」音子說。「她不會醒的。」

「我有話要問她。這關係到我兒子的性命。」文子還是試圖搖醒惠子。

「待會再說吧。現在很多人正在搜尋太一郎。」大木說，緊摟著文子的肩膀，走出房間。

音子艱難地呼吸，一頭栽倒在床上，凝視惠子的睡顏。惠子的眼角流下一滴淚。

「惠子。」

惠子睜開眼。含著閃閃淚光仰望音子。

美麗與哀愁

作　　者　川端康成
譯　　者　劉子倩
主　　編　郭峰吾

總 編 輯　李映慧
執 行 長　陳旭華（ymal@ms14.hinet.net）

出　　版　大牌出版 / 遠足文化事業股份有限公司
發　　行　遠足文化事業股份有限公司（讀書共和國出版集團）
地　　址　23141 新北市新店區民權路 108-2 號 9 樓
電　　話　+886-2-2218-1417
郵撥帳號　19504465 遠足文化事業股份有限公司

封面設計　BIANCO TSAI
排　　版　新鑫電腦排版工作室
印　　製　中原造像股份有限公司
法律顧問　華洋法律事務所　蘇文生律師

定　　價　380 元
初　　版　2024 年 1 月

電子書 E-ISBN
978-626-7378-47-2（EPUB）
978-626-7378-46-5（PDF）

國家圖書館出版品預行編目資料

美麗與哀愁 / 川端康成 著 ; 劉子倩 譯 . -- 初版 . -- 新北市 : 大牌出版 , 遠足文化事業股份有限公司 , 2024.01
304 面 ; 13×18.6 公分
譯自：美しさと哀しみと
ISBN 978-626-7378-48-9 (平裝)

861.57　　112022839